给灵魂片刻自由

______月　Jan. Feb. Mar. Apr. May. Jun. Jul. Aug. Sept. Oct. Nov. Dec.

月 日

MON/TUE/WED/THU/FRI
SAT/SUN

韦使君宅海榴咏

淮阳卧理有清风，腊月榴花带雪红。
闭阁寂寥常对此，江湖心在数枝中。

作者［唐］皇甫曾

6
9
12
15
18
21
0
3

月　日

MON/TUE/WED/THU/FRI
SAT/SUN

子夜四时歌

春林花多媚，
春鸟意多哀。
春风复多情，
吹我罗裳开。

作者 佚名

6
9
12
15
18
21
0
3

月　　日

MON/TUE/WED/THU/FRI
SAT/SUN

庚戌正月三日约同舍游西湖十首（其二）

春光欲动意犹迟，
未许游人浪见伊。
只有梅花藏不得，
隔篱穿竹出横枝。

作者〔宋〕杨万里

6
9
12
15
18
21
0
3

月　日

MON/TUE/WED/THU/FRI
SAT/SUN

过垂虹

自作新词韵最娇，
小红低唱我吹箫。
曲终过尽松陵路，
回首烟波十四桥。

作者〔宋〕姜夔

6

9

12

15

18

21

0

3

月 日

MON/TUE/WED/THU/FRI
SAT/SUN

蹴罢秋千，起来慵整纤纤手。
露浓花瘦，薄汗轻衣透。
见客入来，袜刬金钗溜。
和羞走，倚门回首，却把青梅嗅。

点绛唇

作者〔宋〕李清照

6

9

12

15

18

21

0

3

月 日

MON/TUE/WED/THU/FRI
SAT/SUN

过青泥

铁山正月雪交加，
欲探东风未有涯。
才过青泥春便好，
水边林下见梅花。

作者〔宋〕文同

6

9

12

15

18

21

0

3

月 日

MON/TUE/WED/THU/FRI
SAT/SUN

蜡梅四首（其一）

蜜蜂底物是生涯，
花作糇粮蜡作家。
岁晚略无花可采，
却将香蜡吐成花。

作者〔宋〕杨万里

6
9
12
15
18
21
0
3

月 日

MON/TUE/WED/THU/FRI
SAT/SUN

江梅

园林尽摇落，
冰雪独相宜。
预报春消息，
花中第一枝。

作者〔宋〕王十朋

·
·
6
·
·
9
·
·
12
·
·
15
·
·
18
·
·
21
·
·
0
·
·
3

月　　日

MON/TUE/WED/THU/FRI
SAT/SUN

春近四绝句（其三）

小雪晴沙不作泥，
疏帘红日弄朝晖。
年华已伴梅梢晚，
春色先从草际归。

作者〔宋〕黄庭坚

6
9
12
15
18
21
0
3

月　日

MON/TUE/WED/THU/FRI
SAT/SUN

天地风霜尽，
乾坤气象和。
历添新岁月，
春满旧山河。

己酉新正（选）

作者 〔元〕叶颙

6

9

12

15

18

21

0

3

月 日

MON/TUE/WED/THU/FRI
SAT/SUN

旅次朔方

客舍并州数十霜，
归心日夜忆咸阳。
无端又渡桑干水，
却望并州似故乡。

作者 〔唐〕刘皂

6

9

12

15

18

21

0

3

月　日

MON/TUE/WED/THU/FRI
SAT/SUN

折枝兰

多画春风不值钱，
一枝青玉半枝妍。
山中旭日林中鸟，
衔出相思二月天。

作者〔清〕郑板桥

6
9
12
15
18
21
0
3

月 日

MON/TUE/WED/THU/FRI
SAT/SUN

雪二首（其一）

穷巷无人对雪，
小诗自可逃禅。
看取一年三白，
喜欢共入新年。

作者 〔宋〕吕本中

6

9

12

15

18

21

0

3

月　日

MON/TUE/WED/THU/FRI
SAT/SUN

痴雨顿晴如有约，
素娥虽老更多情。
何有肯向雪中看，
已作新年满意明。

作者〔宋〕陈宓

腊望玩月

6

9

12

15

18

21

0

3

月 日

MON/TUE/WED/THU/FRI
SAT/SUN

渡汉江

岭外音书断，
经冬复历春。
近乡情更怯，
不敢问来人。

作者〔唐〕宋之问

6
9
12
15
18
21
0
3

月 日

MON/TUE/WED/THU/FRI
SAT/SUN

松

地耸苍龙势抱云，天教青共众材分。
孤标百尺雪中见，长啸一声风里闻。
桃李傍他真是佞，藤萝攀尔亦非群。
平生相爱应相识，谁道修篁胜此君。

作者〔唐〕李山甫

6

9

12

15

18

21

0

3

月 日

MON/TUE/WED/THU/FRI
SAT/SUN

过天门街

雪尽终南又欲春，
遥怜翠色对红尘。
千车万马九衢上，
回首看山无一人。

作者〔唐〕白居易

6

9

12

15

18

21

0

3

月 日

MON/TUE/WED/THU/FRI
SAT/SUN

我从山中来，
带着兰花草，
种在小园中，
希望开花好。

希望（选）

作者 胡适

6
9
12
15
18
21
0
3

月 日

MON/TUE/WED/THU/FRI
SAT/SUN

次韵赵德麟雪中梅且饷柑酒三首（其二）

阆苑千葩映玉宸，
人间只有此花新。
飞霙要欲先桃李，
散作千林火迫春。

作者〔宋〕苏轼

6

9

12

15

18

21

0

3

月 日

MON/TUE/WED/THU/FRI
SAT/SUN

塞上听吹笛

雪净胡天牧马还，
月明羌笛戍楼间。
借问梅花何处落，
风吹一夜满关山。

作者〔唐〕高适

6
9
12
15
18
21
0
3

月　日

MON/TUE/WED/THU/FRI
SAT/SUN

寄家书有怀岁寒五友二首（其二）

想得瑞香花日多，
水仙消息又如何。
篱边尚有余香下，
兰茁新芽长进么。

作者 〔宋〕钱时

6

9

12

15

18

21

0

3

月　日

MON/TUE/WED/THU/FRI
SAT/SUN

已见寒梅发，
复闻啼鸟声。
心心视春草，
畏向阶前生。

杂诗三首（其三）

作者［唐］王维

6

9

12

15

18

21

0

3

月　日

MON/TUE/WED/THU/FRI
SAT/SUN

天若无雪霜，
青松不如草。
地若无山川，
何人重平道。

失题二首（其一）

作者〔唐〕唐备

6
9
12
15
18
21
0
3

月　日

MON/TUE/WED/THU/FRI
SAT/SUN

岁月更新旧，
川途阅古今。
往来车马客，
枉用百年心。

经华阴，时当腊月十八日，忽忆唐人『腊尽促归心，行人及华阴』之句，字字凑合，遂逐字成十绝（其五）

作者〔明〕邓云霄

6
9
12
15
18
21
0
3

月　日

MON/TUE/WED/THU/FRI
SAT/SUN

水仙花四首（其三）

韵绝香仍绝，
花清月未清。
天仙不行地，
且借水为名。

作者 ［宋］杨万里

6
9
12
15
18
21
0
3

月 日

MON/TUE/WED/THU/FRI
SAT/SUN

上堂开示颂

尘劳迥脱事非常，
紧把绳头做一场。
不经一番寒彻骨，
怎得梅花扑鼻香？

作者〔唐〕黄檗禅师

6
9
12
15
18
21
0
3

月　日

MON/TUE/WED/THU/FRI
SAT/SUN

正月六日温泉晚归

月似银船劝酒，
星如玉弹围棋。
几杵林钟敲后，
两行松火归时。

作者〔明〕杨慎

6
9
12
15
18
21
0
3

月　日

MON/TUE/WED/THU/FRI
SAT/SUN

岁寒五友二首寄家书有怀（其二）

坐拥云根兴未涯，
江楼时复梦归家。
庭前一点梅初破，
近日新添几个花。

作者〔宋〕钱时

6

9

12

15

18

21

0

3

月 日

MON/TUE/WED/THU/FRI
SAT/SUN

失题二首（其二）

一日天无风，
四溟波尽息。
人心风不吹，
波浪高百尺。

作者［唐］唐备

6
9
12
15
18
21
0
3

月 日

MON/TUE/WED/THU/FRI
SAT/SUN

颂

春有百花秋有月，
夏有凉风冬有雪。
若无闲事挂心头，
便是人间好时节。

作者〔宋〕无门慧开

6
9
12
15
18
21
0
3

月　日

MON/TUE/WED/THU/FRI
SAT/SUN

椒华铭

嘉哉芳椒，载繁其实。
厥味惟贞，蠲除百疾。
肇惟岁始，月正元日。
永介眉寿，以祈初吉。

作者〔晋〕成公绥

6

9

12

15

18

21

0

3

_____月 Jan. Feb. Mar. Apr. May. Jun. Jul. Aug. Sept. Oct. Nov. Dec.

月　日

MON/TUE/WED/THU/FRI
SAT/SUN

春夜洛城闻笛

谁家玉笛暗飞声，
散入春风满洛城。
此夜曲中闻折柳，
何人不起故园情。

作者〔唐〕李白

6
9
12
15
18
21
0
3

月　日

MON/TUE/WED/THU/FRI
SAT/SUN

东风吹散梅梢雪，
一夜挽回天下春。
从此阳春应有脚，
百花富贵草精神。

作者〔宋〕白玉蟾

立春

6
9
12
15
18
21
0
3

月 日

MON/TUE/WED/THU/FRI
SAT/SUN

长相思

山一程，水一程，
身向榆关那畔行，夜深千帐灯。
风一更，雪一更，
聒碎乡心梦不成，故园无此声。

作者〔清〕纳兰性德

6
9
12
15
18
21
0
3

月 日

MON/TUE/WED/THU/FRI
SAT/SUN

竹外桃花三两枝，
春江水暖鸭先知。
蒌蒿满地芦芽短，
正是河豚欲上时。

惠崇春江晓景

作者 〔宋〕苏轼

·
·
6
·
·
9
·
·
12
·
·
15
·
·
18
·
·
21
·
·
0
·
·
3

月 日

MON/TUE/WED/THU/FRI
SAT/SUN

无题

昨夜星辰昨夜风，画楼西畔桂堂东。
身无彩凤双飞翼，心有灵犀一点通。
隔座送钩春酒暖，分曹射覆蜡灯红。
嗟余听鼓应官去，走马兰台类转蓬。

作者〔唐〕李商隐

6
9
12
15
18
21
0
3

月　日

MON/TUE/WED/THU/FRI
SAT/SUN

水仙花四首（其二）

开处谁为伴，
萧然不可亲。
雪宫孤弄影，
水殿四无人。

作者〔宋〕杨万里

6
9
12
15
18
21
0
3

月 日

MON/TUE/WED/THU/FRI
SAT/SUN

雨中登岳阳楼望君山二首（其一）

投荒万死鬓毛斑，
生出瞿塘滟滪关。
未到江南先一笑，
岳阳楼上对君山。

作者 〔宋〕黄庭坚

6

9

12

15

18

21

0

3

月 日

MON/TUE/WED/THU/FRI
SAT/SUN

村居

移家杨柳湾，
小筑田家坞。
一宵春雨晴，
满地菜花吐。

作者〔宋〕郭仁

6
9
12
15
18
21
0
3

月 日

MON/TUE/WED/THU/FRI
SAT/SUN

经华阴，时当腊月十八日，忽忆唐人『腊尽促归心，行人及华阴』之句，字字凑合，遂逐字成十绝（其一）

淑气欲迎年，
朔风将送腊。
征衫费增减，
渐觉寒暄杂。

作者〔明〕邓云霄

6

9

12

15

18

21

0

3

月　日

MON/TUE/WED/THU/FRI
SAT/SUN

咏王大娘戴竿

作者〔唐〕刘晏

楼前百戏竞争新，
唯有长竿妙入神。
谁谓绮罗翻有力，
犹自嫌轻更著人。

6

9

12

15

18

21

0

3

月 日

MON/TUE/WED/THU/FRI
SAT/SUN

锦瑟无端五十弦，一弦一柱思华年。
庄生晓梦迷蝴蝶，望帝春心托杜鹃。
沧海月明珠有泪，蓝田日暖玉生烟。
此情可待成追忆，只是当时已惘然。

作者〔唐〕李商隐

锦瑟

6
9
12
15
18
21
0
3

月 日

MON/TUE/WED/THU/FRI
SAT/SUN

赠范晔诗

折花逢驿使，
寄与陇头人。
江南无所有，
聊赠一枝春。

作者 〔南北朝〕陆凯

6
9
12
15
18
21
0
3

月 日

MON/TUE/WED/THU/FRI
SAT/SUN

新春

水乡清泠落梅风，
正月雪消春信通。
昨夜园林新得雨，
杏梢争放晓来红。

作者〔宋〕张耒

6
9
12
15
18
21
0
3

月 日

MON/TUE/WED/THU/FRI
SAT/SUN

杏花

暖气潜催次第春，
梅花已谢杏花新。
半开半落闲园里，
何异荣枯世上人。

作者〔唐〕罗隐

6

9

12

15

18

21

0

3

月 日

MON/TUE/WED/THU/FRI
SAT/SUN

春夜喜雨

好雨知时节，当春乃发生。
随风潜入夜，润物细无声。
野径云俱黑，江船火独明。
晓看红湿处，花重锦官城。

作者〔唐〕杜甫

6
9
12
15
18
21
0
3

月 日

MON/TUE/WED/THU/FRI
SAT/SUN

泊船瓜洲

京口瓜洲一水间，
钟山只隔数重山。
春风又绿江南岸，
明月何时照我还。

作者〔宋〕王安石

6

9

12

15

18

21

0

3

月 日

MON/TUE/WED/THU/FRI
SAT/SUN

青青园中葵，朝露待日晞。
阳春布德泽，万物生光辉。
常恐秋节至，焜黄华叶衰。
百川东到海，何时复西归？
少壮不努力，老大徒伤悲。

长歌行

作者 汉乐府

6
9
12
15
18
21
0
3

月　日

MON/TUE/WED/THU/FRI
SAT/SUN

临江仙

滚滚长江东逝水，浪花淘尽英雄。
是非成败转头空。
青山依旧在，几度夕阳红。
白发渔樵江渚上，惯看秋月春风。
一壶浊酒喜相逢。
古今多少事，都付笑谈中。

作者〔明〕杨慎

6
9
12
15
18
21
0
3

二月二日挑菜节大雨不能出

久将菘芥芼南羹，
佳节泥深人未行。
想见故园蔬甲好，
一畦春水辘轳声。

作者［宋］张耒

月 日

MON/TUE/WED/THU/FRI
SAT/SUN

6
9
12
15
18
21
0
3

月　日

MON/TUE/WED/THU/FRI
SAT/SUN

滁州西涧

独怜幽草涧边生，
上有黄鹂深树鸣。
春潮带雨晚来急，
野渡无人舟自横。

作者〔唐〕韦应物

6
9
12
15
18
21
0
3

月 日

MON/TUE/WED/THU/FRI
SAT/SUN

竹笋初生黄犊角，
蕨芽初长小儿拳。
试寻野菜炊春饭，
便是江南二月天。

春阴

作者〔宋〕黄庭坚

6
9
12
15
18
21
0
3

月 日

MON/TUE/WED/THU/FRI
SAT/SUN

郡治五绝

蜀地春争一月天，
杂花新岁已争妍。
却愁取次都开尽，
辜负清明谷雨天。

作者〔宋〕邵伯温

6

9

12

15

18

21

0

3

月　日

MON/TUE/WED/THU/FRI
SAT/SUN

正月二十八日雪晴睡起（选）

梅树花边日脚红，
鸟偷微暖啭东风。
寒窗唤起无人见，
独倚栏杆看雪融。

作者〔宋〕周紫芝

6
9
12
15
18
21
0
3

月 日

MON/TUE/WED/THU/FRI
SAT/SUN

二月五日西郊口占

晴日西郊按物华，
东风寒峭帽檐斜。
江梅已辨调羹事，
交割春光与杏花。

作者〔宋〕周端臣

6
9
12
15
18
21
0
3

月 日

MON/TUE/WED/THU/FRI
SAT/SUN

淮中晚泊犊头

春阴垂野草青青，
时有幽花一树明。
晚泊孤舟古祠下，
满川风雨看潮生。

作者〔宋〕苏舜钦

6
9
12
15
18
21
0
3

月　日

MON/TUE/WED/THU/FRI
SAT/SUN

戏成绝句三首（其二）

粼粼溪底石，
五色粲坚圆。
安得女娲手，
炼之将补天。

作者［宋］李纲

6

9

12

15

18

21

0

3

月　日

MON/TUE/WED/THU/FRI
SAT/SUN

江南春

千里莺啼绿映红，
水村山郭酒旗风。
南朝四百八十寺，
多少楼台烟雨中。

作者〔唐〕杜牧

6
9
12
15
18
21
0
3

月 日

MON/TUE/WED/THU/FRI
SAT/SUN

轻阴阁小雨，
深院昼慵开。
坐看苍苔色，
欲上人衣来。

作者［唐］王维

书事

6

9

12

15

18

21

0

3

月 日

ON/TUE/WED/THU/FRI
T/SUN

登科后

昔日龌龊不足夸，
今朝放荡思无涯。
春风得意马蹄疾，
一日看尽长安花。

作者〔唐〕孟郊

6

9

12

15

18

21

0

3

月　日

MON/TUE/WED/THU/FRI
SAT/SUN

更深月色半人家，
北斗阑干南斗斜。
今夜偏知春气暖，
虫声新透绿窗纱。

作者〔唐〕刘方

6

9

12

15

18

21

0

3

月 日

ON/TUE/WED/THU/FRI
AT/SUN

二月二日江上行，东风日暖闻吹笙。
花须柳眼各无赖，紫蝶黄蜂俱有情。
万里忆归元亮井，三年从事亚夫营。
新滩莫悟游人意，更作风檐夜雨声。

二月二日

作者〔唐〕李商隐

6
9
12
15
18
21
0
3

_____月　　Jan. Feb. Mar. Apr. May. Jun. Jul. Aug. Sept. Oct. Nov. De

月　日

ON/TUE/WED/THU/FRI
AT/SUN

春江花月夜（选）

昨夜闲潭梦落花，可怜春半不还家。
江水流春去欲尽，江潭落月复西斜。
斜月沉沉藏海雾，碣石潇湘无限路。
不知乘月几人归，落月摇情满江树。

作者〔唐〕张若虚

6
9
12
15
18
21
0
3

月 日

MON/TUE/WED/THU/FRI
SAT/SUN

芳草和烟暖更青，
闲门要路一时生。
年年点检人间事，
唯有春风不世情。

作者〔唐〕罗

6
9
12
15
18
21
0
3

月 日

ON/TUE/WED/THU/FRI
AT/SUN

黄鹤楼送孟浩然之广陵

作者〔唐〕李白

故人西辞黄鹤楼，
烟花三月下扬州。
孤帆远影碧空尽，
唯见长江天际流。

6
9
12
15
18
21
0
3

月　　日

MON/TUE/WED/THU/FRI
SAT/SUN

雨前初见花间蕊，
雨后全无叶底花。
蜂蝶纷纷过墙去，
却疑春色在邻家。

作者〔唐〕王

6
9
12
15
18
21
0
3

月 日

ON/TUE/WED/THU/FRI
AT/SUN

花非花

花非花，雾非雾。
夜半来，天明去。
来如春梦不多时，
去似朝云无觅处。

作者〔唐〕白居易

6
9
12
15
18
21
0
3

月 日

MON/TUE/WED/THU/FRI
SAT/SUN

隐隐飞桥隔野烟，
石矶西畔问渔船。
桃花尽日随流水，
洞在清溪何处边。

作者〔唐〕张

6
9
12
15
18
21
0
3

月　日

MON/TUE/WED/THU/FRI
SAT/SUN

游山西村

莫笑农家腊酒浑，丰年留客足鸡豚。
山重水复疑无路，柳暗花明又一村。
箫鼓追随春社近，衣冠简朴古风存。
从今若许闲乘月，拄杖无时夜叩门。

作者〔宋〕陆游

6
9
12
15
18
21
0
3

月 日

MON/TUE/WED/THU/FRI
SAT/SUN

二月十一日
见桃花

鸣鸠天色半阴晴，
竹屋松窗老寸心。
闭户不知春早晚，
桃花红浅柳青深。

作者 〔金〕高士谈

6
9
12
15
18
21
0
3

月　日

ON/TUE/WED/THU/FRI
AT/SUN

二月八日北城闲步

上膏初动麦苗青，
饱食城头信意行。
便起高亭临北渚，
欲乘长日勤春耕。

作者〔宋〕曾巩

6

9

12

15

18

21

0

3

月　日

MON/TUE/WED/THU/FRI
SAT/SUN

金炉香尽漏声残，
翦翦轻风阵阵寒。
春色恼人眠不得，
月移花影上栏干。

作者〔宋〕王安

6

9

12

15

18

21

0

3

月　日

ON/TUE/WED/THU/FRI
AT/SUN

牧童

骑牛远远过前村，
吹笛风斜隔垄闻。
多少长安名利客，
机关用尽不如君。

作者 〔宋〕黄庭坚

6
9
12
15
18
21
0
3

月　日

MON/TUE/WED/THU/FRI
SAT/SUN

凉月如眉挂柳湾，
越中山色镜中看。
兰溪三日桃花雨，
半夜鲤鱼来上滩。

作者〔唐〕戴叔

6
9
12
15
18
21
0
3

月 日

MON/TUE/WED/THU/FRI
SAT/SUN

春色三分二，
人生七十稀。
蝶魂归蚁冢，
花瓣泊鱼衣。

作者〔宋〕舒岳祥

春叹

6
9
12
15
18
21
0
3

月 日

MON/TUE/WED/THU/FRI
SAT/SUN

夕次寿阳驿题吴郎中诗后

风光欲动别长安，
春半城边特地寒。
不见园花兼巷柳，
马头惟有月团团。

作者〔唐〕韩愈

6

9

12

15

18

21

0

3

月　日

MON/TUE/WED/THU/FRI
SAT/SUN

病起荆江亭即事十首（其二）

翰墨场中老伏波，
菩提坊里病维摩。
近人积水无鸥鹭，
时有归牛浮鼻过。

作者〔宋〕黄庭坚

6

9

12

15

18

21

0

3

月　日

MON/TUE/WED/THU/FRI
SAT/SUN

只道梅花发，那知柳亦新。
枝枝总到地，叶叶自开春。
紫燕时翻翼，黄鹂不露身。
汉南应老尽，霸上远愁人。

柳边

作者〔唐〕杜甫

6

9

12

15

18

21

0

3

月　日

MON/TUE/WED/THU/FRI
SAT/SUN

咏美人春游诗

江南二月春，东风转绿蘋。
不知谁家子，看花桃李津。
白雪凝琼貌，明珠点绛唇。
行人咸息驾，争拟洛川神。

作者〔南北朝〕江淹

6
9
12
15
18
21
0
3

月 日

MON/TUE/WED/THU/FRI
SAT/SUN

新阳铺

梅花篱落菜花畦，
春水平田酿燕泥。
健事老翁头雪白，
一簑烟雨自扶犁。

作者 〔宋〕江梅

6

9

12

15

18

21

0

3

月　日

MON/TUE/WED/THU/FRI
SAT/SUN

行香子·述怀（选）

清夜无尘。月色如银。
酒斟时、须满十分。
浮名浮利，虚苦劳神。
叹隙中驹，石中火，梦中身。

作者〔宋〕苏轼

6
9
12
15
18
21
0
3

月　日

MON/TUE/WED/THU/FRI
SAT/SUN

东南郊日上团红，
浩荡天区望始穷。
独爱暖云如擘絮，
纷纷无事映晴空。

和晏太尉三月初五日

作者〔宋〕宋祁

6
9
12
15
18
21
0
3

二月二十日再锁宿四绝

作者〔宋〕刘克庄

才薄何堪草两麻，
封题进了鼓三挝。
平明掣锁无公事，
闲看金鱼咽落花。

月 日

MON/TUE/WED/THU/FRI
SAT/SUN

6
9
12
15
18
21
0
3

月　　日

MON/TUE/WED/THU/FRI
SAT/SUN

田园乐七首（其六）

桃红复含宿雨，
柳绿更带朝烟。
花落家童未扫，
莺啼山客犹眠。

作者〔唐〕王维

·
·
6
·
·
9
·
·
12
·
·
15
·
·
18
·
·
21
·
·
0
·
·
3

月　日

MON/TUE/WED/THU/FRI
SAT/SUN

鹅湖山下稻粱肥，
豚栅鸡栖半掩扉。
桑柘影斜春社散，
家家扶得醉人归。

作者〔唐〕王驾

社日

6
9
12
15
18
21
0
3

江上

月 日

MON/TUE/WED/THU/FRI
SAT/SUN

江北秋阴一半开，
晓云含雨却低回。
青山缭绕疑无路，
忽见千帆隐映来。

作者〔宋〕王安石

6

9

12

15

18

21

0

3

月 日

MON/TUE/WED/THU/FRI
SAT/SUN

西楼

海浪如云去却回，
北风吹起数声雷。
朱楼四面钩疏箔，
卧看千山急雨来。

作者〔宋〕曾巩

6

9

12

15

18

21

0

3

月　日

MON/TUE/WED/THU/FRI
SAT/SUN

诏追赴都二月至灞亭上

十一年前南渡客，
四千里外北归人。
诏书许逐阳和至，
驿路开花处处新。

作者〔唐〕柳宗元

·
·
6
·
·
9
·
·
12
·
·
15
·
·
18
·
·
21
·
·
0
·
·
3

月　日

MON/TUE/WED/THU/FRI
SAT/SUN

子夜四时歌·春歌二十首（其三）

光风流月初，
新林锦花舒。
情人戏春月，
窈窕曳罗裾。

作者〔六朝〕佚名

6

9

12

15

18

21

0

3

月 日

MON/TUE/WED/THU/FRI
SAT/SUN

繁华举世皆如梦，
今古何人肯暂闲。
唯有东林学禅客，
白头闲坐对青山。

作者〔唐〕罗邺

赠僧

6
9
12
15
18
21
0
3

月　日

ON/TUE/WED/THU/FRI
AT/SUN

长安市上醉春风，
乱插繁花满帽红。
看尽人间兴废事，
不曾富贵不曾穷。

一壶歌

作者〔宋〕陆游

6
9
12
15
18
21
0
3

月　日

MON/TUE/WED/THU/FRI
SAT/SUN

小园烟草接邻家，
桑柘阴阴一径斜。
卧读陶诗未终卷，
又乘微雨去锄瓜。

作者［宋］陆

6

9

12

15

18

21

0

3

月 日

ON/TUE/WED/THU/FRI
AT/SUN

云想衣裳花想容，
春风拂槛露华浓。
若非群玉山头见，
会向瑶台月下逢。

清平调

作者〔唐〕李白

6

9

12

15

18

21

0

3

_____月 Jan. Feb. Mar. Apr. May. Jun. Jul. Aug. Sept. Oct. Nov. Dec

月 日

MON/TUE/WED/THU/FRI
SAT/SUN

丙辰年鄜州遇寒食城外醉吟五首（其二）

满街杨柳绿丝烟，
画出清明二月天。
好是隔帘花树动，
女郎撩乱送秋千。

作者［唐］韦庄

6
9
12
15
18
21
0
3

月　日

MON/TUE/WED/THU/FRI
SAT/SUN

我住长江头，君住长江尾。
日日思君不见君，共饮长江水。
此水几时休，此恨何时已。
只愿君心似我心，定不负相思意。

作者〔宋〕李之仪

卜算子

6
9
12
15
18
21
0
3

月　　日

MON/TUE/WED/THU/FRI
SAT/SUN

赏牡丹

庭前芍药妖无格，
池上芙蕖净少情。
唯有牡丹真国色，
花开时节动京城。

作者〔唐〕刘禹锡

6
9
12
15
18
21
0
3

月 日

MON/TUE/WED/THU/FRI
SAT/SUN

别梦依依到谢家，小廊回合曲阑斜。
多情只有春庭月，犹为离人照落花。
酷怜风月为多情，还到春时别恨生。
倚柱寻思倍惆怅，一场春梦不分明。

作者〔唐〕张

6
9
12
15
18
21
0
3

月　日

1ON/TUE/WED/THU/FRI
AT/SUN

戏问花门酒家翁

老人七十仍沽酒，
千壶百瓮花门口。
道傍榆荚仍似钱，
摘来沽酒君肯否。

作者〔唐〕岑参

6
9
12
15
18
21
0
3

月　日

MON/TUE/WED/THU/FRI
SAT/SUN

渭城朝雨浥轻尘，
客舍青青柳色新。
劝君更尽一杯酒，
西出阳关无故人。

作者〔唐〕王维

6

9

12

15

18

21

0

3

月　　日

MON/TUE/WED/THU/FRI
SAT/SUN

江南逢李龟年

岐王宅里寻常见，
崔九堂前几度闻。
正是江南好风景，
落花时节又逢君。

作者〔唐〕杜甫

6
9
12
15
18
21
0
3

清明日偶述

梨花寂寂燕飘零，
药槛兰畦嫩叶生。
处处儿童吹柳笛，
扶持春事到清明。

作者〔明〕苏

月　　日

MON/TUE/WED/THU/FRI
SAT/SUN

6
9
12
15
18
21
0
3

月 日

MON/TUE/WED/THU/FRI
SAT/SUN

旅夜书怀

细草微风岸，危樯独夜舟。
星垂平野阔，月涌大江流。
名岂文章著，官应老病休。
飘飘何所似，天地一沙鸥。

作者〔唐〕杜甫

6
9
12
15
18
21
0
3

月　　日

MON/TUE/WED/THU/FRI
SAT/SUN

三月三十日题
慈恩寺

慈恩春色今朝尽，
尽日裴回倚寺门。
惆怅春归留不得，
紫藤花下渐黄昏。

作者 〔唐〕白居

6
9
12
15
18
21
0
3

月 日

ON/TUE/WED/THU/FRI
AT/SUN

辛夷坞

木末芙蓉花，
山中发红萼。
涧户寂无人，
纷纷开且落。

作者〔唐〕王维

6
9
12
15
18
21
0
3

月　日

MON/TUE/WED/THU/FRI
SAT/SUN

淮上与友人别

扬子江头杨柳春，
杨花愁杀渡江人。
数声风笛离亭晚，
君向潇湘我向秦。

作者〔唐〕郑谷

6
9
12
15
18
21
0
3

月 日

MON/TUE/WED/THU/FRI
SAT/SUN

溪居即事

篱外谁家不系船，
春风吹入钓鱼湾。
小童疑是有村客，
急向柴门去却关。

作者〔唐〕崔道融

6
9
12
15
18
21
0
3

月　日

MON/TUE/WED/THU/FRI
SAT/SUN

凤吹声如隔彩霞，
不知墙外是谁家。
重门深锁无寻处，
疑有碧桃千树花。

作者〔唐〕郎士元

听邻家吹笙

6

9

12

15

18

21

0

3

月　日

MON/TUE/WED/THU/FRI
SAT/SUN

题龙阳县青草湖

西风吹老洞庭波，
一夜湘君白发多。
醉后不知天在水，
满船清梦压星河。

作者〔元末明初〕唐温如

6
9
12
15
18
21
0
3

月　日

MON/TUE/WED/THU/FRI
SAT/SUN

不论平地与山尖，
无限风光尽被占。
采得百花成蜜后，
为谁辛苦为谁甜。

作者〔唐〕罗隐

6
9
12
15
18
21
0
3

月 日

ON/TUE/WED/THU/FRI
AT/SUN

一曲新词酒一杯，去年天气旧亭台。夕阳西下几时回？
无可奈何花落去，似曾相识燕归来。小园香径独徘徊。

浣溪沙

作者〔宋〕晏殊

6
9
12
15
18
21
0
3

月 日

MON/TUE/WED/THU/FRI
SAT/SUN

谁道群生性命微，
一般骨肉一般皮。
劝君莫打枝头鸟，
子在巢中望母归。

作者〔唐〕白居

6
9
12
15
18
21
0
3

月　日

ON/TUE/WED/THU/FRI
AT/SUN

浑侍中宅牡丹

径尺千余朵，
人间有此花。
今朝见颜色，
更不向诸家。

作者〔唐〕刘禹锡

6
9
12
15
18
21
0
3

月 日

MON/TUE/WED/THU/FRI
SAT/SUN

邵平瓜地接吾庐，
谷雨干时偶自锄。
昨日春风欺不在，
就床吹落读残书。

作者〔唐〕曹

6

9

12

15

18

21

0

3

月 日

ION/TUE/WED/THU/FRI
AT/SUN

送春曲三首（其二）

春向晚，春晚思悠哉。
风云日已改，花叶自相催。
漠漠空中去，何时天际来。

作者〔唐〕刘禹锡

6

9

12

15

18

21

0

3

月　日

MON/TUE/WED/THU/FRI
SAT/SUN

春已暮，冉冉如人老。
映叶见残花，连天是青草。
可怜桃与李，从此同桑枣。

（其二）

作者〔唐〕刘禹

6

9

12

15

18

21

0

3

月　日

ON/TUE/WED/THU/FRI
AT/SUN

送春曲三首（其三）

春景去，此去何时回。
游人千万恨，落日上高台。
寂寞繁花尽，流莺归莫来。

作者〔唐〕刘禹锡

6
9
12
15
18
21
0
3

八日夜凤凰亭纳凉（选）

作者［宋］叶梦

新月挂林梢，
暗水鸣枯沼。
时见疏星落画檐，
几点流萤小。

月 日

MON/TUE/WED/THU/FRI
SAT/SUN

6

9

12

15

18

21

0

3

月　日

ON/TUE/WED/THU/FRI
AT/SUN

花前劝酒

春在对花饮，春归花亦残。
对花不饮酒，欢意遂阑珊。
酒向花前饮，花宜醉后看，
花前不饮酒，终负一年欢。

作者〔宋〕邵雍

6

9

12

15

18

21

0

3

月　日

MON/TUE/WED/THU/FRI
SAT/SUN

谷雨宜晴花乱开，
一壶春色聚书斋。
园林此后无车马，
竹杖芒鞋政自佳。

作者〔元〕仇远

·
·
6
·
·
9
·
·
12
·
·
15
·
·
18
·
·
21
·
·
0
·
·
3

月　日

ON/TUE/WED/THU/FRI
AT/SUN

浣溪沙

一向年光有限身，等闲离别易销魂。酒筵歌席莫辞频。
满目山河空念远，落花风雨更伤春。不如怜取眼前人。

作者〔宋〕晏殊

6
9
12
15
18
21
0
3

月　日

MON/TUE/WED/THU/FRI
SAT/SUN

春半花开百万般，
东风近日恶摧残。
可怜桃李性温厚，
吹尽都无一句言。

下四首（其四）

作者〔宋〕邵

6
9
12
15
18
21
0
3

月 日

ON/TUE/WED/THU/FRI
AT/SUN

越上闻子规

夜入翠烟啼，
画寻芳树飞。
春山无限好，
犹道不如归。

作者 〔宋〕范仲淹

6
9
12
15
18
21
0
3

月　　日

MON/TUE/WED/THU/FRI
SAT/SUN

读书不觉已春深，
一寸光阴一寸金。
不是道人来引笑，
周情孔思正追寻。

（其一）

作者〔唐〕王贞

6
9
12
15
18
21
0
3

月 日

ON/TUE/WED/THU/FRI
AT/SUN

如梦令

常记溪亭日暮，沉醉不知归路。
兴尽晚回舟，误入藕花深处。
争渡，争渡，惊起一滩鸥鹭。

作者〔宋〕李清照

6
9
12
15
18
21
0
3

____月　　Jan. Feb. Mar. Apr. May. Jun. Jul. Aug. Sept. Oct. Nov. Dec

月　日

MON/TUE/WED/THU/FRI
SAT/SUN

贞溪初夏六首（其五）

楝花风起漾微波，
野渡舟轻客自过。
沙上儿童临水立，
戏将萍藻饲黄鹅。

作者〔元〕邵亨贞

6
9
12
15
18
21
0
3

月 日

MON/TUE/WED/THU/FRI
SAT/SUN

剑门道中遇微雨

衣上征尘杂酒痕，
远游无处不消魂。
此身合是诗人未？
细雨骑驴入剑门。

作者〔宋〕陆游

6

9

12

15

18

21

0

3

春日即事五首（其五）

谷雨催秧蚕再眠，
采桑女伴罢秋千。
前村亦少游人到，
牛歇浓阴人饷田。

作者〔宋〕舒邦佐

月 日

MON/TUE/WED/THU/FRI
SAT/SUN

6
9
12
15
18
21
0
3

月　　日

MON/TUE/WED/THU/FRI
SAT/SUN

等闲过了一年春，
雨后风光夏景新。
试把樱桃荐杯酒，
欲将芍药赠何人。

作者〔宋〕戴复古

初夏

6
9
12
15
18
21
0
3

月 日

MON/TUE/WED/THU/FRI
SAT/SUN

樱桃

石榴未拆梅犹小，
爱此山花四五株。
斜日庭前风袅袅，
碧油千片漏红珠。

作者〔唐〕张祜

6
9
12
15
18
21
0
3

月 日

MON/TUE/WED/THU/FRI
SAT/SUN

可怜楼上月徘徊，应照离人妆镜台。
玉户帘中卷不去，捣衣砧上拂还来。
此时相望不相闻，愿逐月华流照君。
鸿雁长飞光不度，鱼龙潜跃水成文。

春江花月夜（选）

作者〔唐〕张若虚

6
9
12
15
18
21
0
3

月 日

MON/TUE/WED/THU/FRI
SAT/SUN

望海楼晚景五绝（其三）

青山断处塔层层，
隔岸人家唤欲应。
江上秋风晚来急，
为传钟鼓到西兴。

作者〔宋〕苏轼

6

9

12

15

18

21

0

3

月 日

MON/TUE/WED/THU/FRI
SAT/SUN

晴丝千尺挽韶光，
百舌无声燕子忙。
永日屋头槐影暗，
微风扇里麦花香。

作者〔宋〕范成大

初夏

6

9

12

15

18

21

0

3

月　　日

MON/TUE/WED/THU/FRI
SAT/SUN

四月二日（其二）

易觉春风老，
偏知夏日长。
四山新笋出，
一涧野花香。

作者〔宋〕韩淲

6
9
12
15
18
21
0
3

月　日

MON/TUE/WED/THU/FRI
SAT/SUN

丙辰年鄜州遇寒食城外醉吟五首（其二）

雕阴寒食足游人，
金凤罗衣湿麝薰。
肠断入城芳草路，
淡红香白一群群。

作者〔唐〕韦庄

6

9

12

15

18

21

0

3

月　　日

MON/TUE/WED/THU/FRI
SAT/SUN

三衢道中

梅子黄时日日晴，
小溪泛尽却山行。
绿阴不减来时路，
添得黄鹂四五声。

作者〔宋〕曾几

6
9
12
15
18
21
0
3

月　日

MON/TUE/WED/THU/FRI
SAT/SUN

送杜十四之江南

荆吴相接水为乡，
君去春江正淼茫。
日暮征帆何处泊，
天涯一望断人肠。

作者〔唐〕孟浩然

6
9
12
15
18
21
0
3

月　　日

ION/TUE/WED/THU/FRI
AT/SUN

寻隐者不遇

松下问童子，
言师采药去。
只在此山中，
云深不知处。

作者〔唐〕贾岛

6

9

12

15

18

21

0

3

月 日

MON/TUE/WED/THU/FRI
SAT/SUN

原来姹紫嫣红开遍，
似这般都付与断井颓垣。
良辰美景奈何天，
赏心乐事谁家院！

作者〔明〕汤显祖

6

9

12

15

18

21

0

3

雨过山村

月　日

ON/TUE/WED/THU/FRI
AT/SUN

雨里鸡鸣一两家，
竹溪村路板桥斜。
妇姑相唤浴蚕去，
闲看中庭栀子花。

作者〔唐〕王建

6
9
12
15
18
21
0
3

月　日

MON/TUE/WED/THU/FRI
SAT/SUN

水绕陂田竹绕篱，
榆钱落尽槿花稀。
夕阳牛背无人卧，
带得寒鸦两两归。

作者〔宋〕张舜民

6

9

12

15

18

21

0

3

月 日

ON/TUE/WED/THU/FRI
AT/SUN

送人游吴

君到姑苏见，人家尽枕河。
古宫闲地少，水港小桥多。
夜市卖菱藕，春船载绮罗。
遥知未眠月，乡思在渔歌。

作者〔唐〕杜荀鹤

6
9
12
15
18
21
0
3

月	日

MON/TUE/WED/THU/FRI
SAT/SUN

鹅儿唼啑栀黄嘴，
凤子轻盈腻粉腰。
深院下帘人昼寝，
红蔷薇架碧芭蕉。

作者〔唐〕韩

6
9
12
15
18
21
0
3

月　日

ON/TUE/WED/THU/FRI
AT/SUN

萧萧梧叶送寒声，
江上秋风动客情。
知有儿童挑促织，
夜深篱落一灯明。

夜书所见

作者〔宋〕叶绍翁

6
9
12
15
18
21
0
3

月　日

MON/TUE/WED/THU/FRI
SAT/SUN

绿波春浪满前陂，
极目连云罢亚肥。
更被鹭鹚千点雪，
破烟来入画屏飞。

作者〔唐〕韦

6
9
12
15
18
21
0
3

月	日

ON/TUE/WED/THU/FRI
AT/SUN

越人歌

今夕何夕兮，搴洲中流。
今日何日兮，得与王子同舟。
蒙羞被好兮，不訾诟耻。
心几顽而不绝兮，得知王子。
山有木兮木有枝，心说君兮君不知。

作者〔先秦〕佚名

6
9
12
15
18
21
0
3

月 日

MON/TUE/WED/THU/FRI
SAT/SUN

杨花落尽子规啼，
闻道龙标过五溪。
我寄愁心与明月，
随风直到夜郎西。

标，遥有此寄

作者〔唐〕李

6

9

12

15

18

21

0

3

月　日

ON/TUE/WED/THU/FRI
T/SUN

襄邑道中

飞花两岸照船红，
百里榆堤半日风。
卧看满天云不动，
不知云与我俱东。

作者〔宋〕陈与义

6
9
12
15
18
21
0
3

月 日

MON/TUE/WED/THU/FRI
SAT/SUN

如果生命的春天重到，
古旧的凝冰都哗哗地解冻，
那时我会再看见灿烂的微笑，
再听见明朗的呼唤——这些迢遥的梦。

作者 戴望

6
9
12
15
18
21
0
3

月　　日

ON/TUE/WED/THU/FRI
T/SUN

两个黄鹂鸣翠柳，
一行白鹭上青天。
窗含西岭千秋雪，
门泊东吴万里船。

绝句

作者〔唐〕杜甫

6
9
12
15
18
21
0
3

月 日

MON/TUE/WED/THU/FRI
SAT/SUN

绿遍山原白满川，
子规声里雨如烟。
乡村四月闲人少，
才了蚕桑又插田。

作者〔宋〕翁

6
9
12
15
18
21
0
3

月　日

ON/TUE/WED/THU/FRI
AT/SUN

桑茶坑道中八首（其七）

晴明风日雨干时，
草满花堤水满溪。
童子柳阴眠正着，
一牛吃过柳阴西。

作者〔宋〕杨万里

6
9
12
15
18
21
0
3

月 日

MON/TUE/WED/THU/FRI
SAT/SUN

击筑饮美酒，剑歌易水湄。
经过燕太子，结托并州儿。
少年负壮气，奋烈自有时。
因击鲁句践，争博勿相欺。

作者〔唐〕李

6
9
12
15
18
21
0
3

月　日

ON/TUE/WED/THU/FRI
T/SUN

少年行（其二）

五陵年少金市东，
银鞍白马度春风。
落花踏尽游何处，
笑入胡姬酒肆中。

作者〔唐〕李白

6

9

12

15

18

21

0

3

月　日

MON/TUE/WED/THU/FRI
SAT/SUN

十四首（其四）

处处虚堂望眼宽，
荷花荷叶过阑干。
游人去后无歌鼓，
白水青山生晚寒。

作者〔宋〕

·
·
6
·
·
9
·
·
12
·
·
15
·
·
18
·
·
21
·
·
0
·
·
3

月　日

ON/TUE/WED/THU/FRI
T/SUN

不斗秾华不占红，
自飞晴野雪蒙蒙。
百花长恨风吹落，
唯有杨花独爱风。

杨花

作者〔唐〕吴融

6
9
12
15
18
21
0
3

______月 Jan. Feb. Mar. Apr. May. Jun. Jul. Aug. Sept. Oct. Nov. De

栖禅暮归书所见二首（其二）

作者〔宋〕唐庚

春着湖烟腻，
晴摇野水光。
草青仍过雨，
山紫更斜阳。

月　日

ON/TUE/WED/THU/FRI
AT/SUN

6
9
12
15
18
21
0
3

月　日

MON/TUE/WED/THU/FRI
SAT/SUN

白日依山尽，
黄河入海流。
欲穷千里目，
更上一层楼。

登鹳雀楼

作者〔唐〕王之涣

6

9

12

15

18

21

0

3

望岳

岱宗夫如何？齐鲁青未了。
造化钟神秀，阴阳割昏晓。
荡胸生层云，决眦入归鸟。
会当凌绝顶，一览众山小。

作者〔唐〕杜甫

月　　日

ION/TUE/WED/THU/FRI
AT/SUN

6
9
12
15
18
21
0
3

月　日

MON/TUE/WED/THU/FRI
SAT/SUN

梅子金黄杏子肥，
麦花雪白菜花稀。
日长篱落无人过，
惟有蜻蜓蛱蝶飞。

十二绝（其一）

作者［宋］范成

6
9
12
15
18
21
0
3

月　日

ION/TUE/WED/THU/FRI
AT/SUN

闲居初夏午睡起二绝句（其一）

梅子留酸软齿牙，
芭蕉分绿与窗纱。
日长睡起无情思，
闲看儿童捉柳花。

作者〔宋〕杨万里

6

9

12

15

18

21

0

3

月　　日

MON/TUE/WED/THU/FRI
SAT/SUN

夏日偶成六首（其六）

雨过梅黄五月天，
风林密处渐闻蝉。
直须破浪销烦暑，
一顷波光一棹烟。

作者〔宋〕曹勋

·
·
6
·
·
9
·
·
12
·
·
15
·
·
18
·
·
21
·
·
0
·
·
3

月　日

MON/TUE/WED/THU/FRI
SAT/SUN

白云泉

天平山上白云泉，
云自无心水自闲。
何必奔冲山下去，
更添波浪向人间。

作者〔唐〕白居易

6
9
12
15
18
21
0
3

月　日

MON/TUE/WED/THU/FRI
SAT/SUN

离思五首（其四）

曾经沧海难为水，
除却巫山不是云。
取次花丛懒回顾，
半缘修道半缘君。

作者〔唐〕元稹

6
9
12
15
18
21
0
3

月　日

ON/TUE/WED/THU/FRI
AT/SUN

食荔枝

罗浮山下四时春，
卢橘杨梅次第新。
日啖荔枝三百颗，
不辞长作岭南人。

作者〔宋〕苏轼

6
9
12
15
18
21
0
3

月　日

MON/TUE/WED/THU/FRI
SAT/SUN

首（其一）

长安回望绣成堆，
山顶千门次第开。
一骑红尘妃子笑，
无人知是荔枝来。

作者［唐］杜

·
·
6
·
·
9
·
·
12
·
·
15
·
·
18
·
·
21
·
·
0
·
·
3

月 日

MON/TUE/WED/THU/FRI
SAT/SUN

采莲曲

菱叶萦波荷飐风，
荷花深处小船通。
逢郎欲语低头笑，
碧玉搔头落水中。

作者〔唐〕白居易

6
9
12
15
18
21
0
3

月　日

MON/TUE/WED/THU/FRI
SAT/SUN

客至

舍南舍北皆春水，但见群鸥日日来。
花径不曾缘客扫，蓬门今始为君开。
盘飧市远无兼味，樽酒家贫只旧醅。
肯与邻翁相对饮，隔篱呼取尽余杯。

作者［唐］杜甫

·
·
6
·
·
9
·
·
12
·
·
15
·
·
18
·
·
21
·
·
0
·
·
3

月　日

MON/TUE/WED/THU/FRI
SAT/SUN

丙辰年鄜州遇寒食城外醉吟五首（其三）

作者［唐］韦庄

开元坡下日初斜，
拜扫归来走钿车。
可惜数株红艳好，
不知今夜落谁家。

6
9
12
15
18
21
0
3

月　日

MON/TUE/WED/THU/FRI
SAT/SUN

回文诗二首（其一）

飞书一幅锦文回，恨写深情寄雁来。
机上月残香阁掩，树梢烟澹绿窗开。
霏霏雨罢歌终曲，漠漠云深酒满杯。
归日几人行问卜，徽音想望倚高台。

作者〔唐〕徐

6
9
12
15
18
21
0
3

月 日

MON/TUE/WED/THU/FRI
SAT/SUN

回文诗二首（其二）

轻帆数点千峰碧，水接云山四望遥。
晴日海霞红霭霭，晓天江树绿迢迢。
清波石眼泉当槛，小径松门寺对桥。
明月钓舟渔浦远，倾山雪浪暗随潮。

作者〔唐〕徐夤

6

9

12

15

18

21

0

3

月 日

MON/TUE/WED/THU/FRI
SAT/SUN

霓裳片片晚妆新，束素亭亭玉殿春。
已向丹霞生浅晕，故将清露作芳尘。

作者［明］睦

·
·
6
·
·
9
·
·
12
·
·
15
·
·
18
·
·
21
·
·
0
·
·
3

月　日

ON/TUE/WED/THU/FRI
AT/SUN

行香子

树绕村庄，水满陂塘。倚东风、豪兴徜徉。
小园几许，收尽春光。有桃花红，李花白，菜花黄。
远远围墙，隐隐茅堂。扬青旗、流水桥旁。
偶然乘兴，步过东冈。正莺儿啼，燕儿舞，蝶儿忙。

作者〔宋〕秦观

6
9
12
15
18
21
0
3

月 日

MON/TUE/WED/THU/FRI
SAT/SUN

蓬头稚子学垂纶，
侧坐莓苔草映身。
路人借问遥招手，
怕得鱼惊不应人。

作者〔唐〕胡令能

·
·
6
·
·
9
·
·
12
·
·
15
·
·
18
·
·
21
·
·
0
·
·
3

月　日

ON/TUE/WED/THU/FRI
AT/SUN

书湖阴先生壁二首（其一）

茅檐长扫净无苔，
花木成畦手自栽。
一水护田将绿绕，
两山排闼送青来。

作者〔宋〕王安石

6
9
12
15
18
21
0
3

月 日

MON/TUE/WED/THU/FRI
SAT/SUN

眼前无奈蜀葵何，
浅紫深红数百窠。
能共牡丹争几许，
得人嫌处只缘多。

作者〔唐〕陈

·
·
6
·
·
9
·
·
12
·
·
15
·
·
18
·
·
21
·
·
0
·
·
3

月 日

ON/TUE/WED/THU/FRI
T/SUN

春日寄怀

世间荣落重逡巡，我独丘园坐四春。
纵使有花兼有月，可堪无酒又无人。
青袍似草年年定，白发如丝日日新。
欲逐风波千万里，未知何路到龙津。

作者［唐］李商隐

6

9

12

15

18

21

0

3

月 日

MON/TUE/WED/THU/FRI
SAT/SUN

青山吞吐古今月，
绿树低昂朝暮风。
万事有为应有尽，
此身无我自无穷。

作者〔宋〕辛弃

6
9
12
15
18
21
0
3

月 日

ON/TUE/WED/THU/FRI
T/SUN

黄鹤楼

昔人已乘黄鹤去，此地空余黄鹤楼。
黄鹤一去不复返，白云千载空悠悠。
晴川历历汉阳树，芳草萋萋鹦鹉洲。
日暮乡关何处是？烟波江上使人愁。

作者〔唐〕崔颢

6

9

12

15

18

21

0

3

_____月　　Jan. Feb. Mar. Apr. May. Jun. Jul. Aug. Sept. Oct. Nov. Dec

月 日

ON/TUE/WED/THU/FRI
AT/SUN

金陵五题·石头城

山围故国周遭在，
潮打空城寂寞回。
淮水东边旧时月，
夜深还过女墙来。

作者〔唐〕刘禹锡

6
9
12
15
18
21
0
3

月　日

MON/TUE/WED/THU/FRI
SAT/SUN

二首（其一）

两竿落日溪桥上，
半缕轻烟柳影中。
多少绿荷相倚恨，
一时回首背西风。

作者〔唐〕杜

6

9

12

15

18

21

0

3

月　日

ON/TUE/WED/THU/FRI
AT/SUN

短歌行

日月何忙忙，出没住不得。
使我勇壮心，少年如顷刻。
人生石火光，通时少于塞。
四季倏往来，寒暑变为贼。
偷人面上花，夺人头上黑。

作者〔唐〕子兰

6
9
12
15
18
21
0
3

月　日

MON/TUE/WED/THU/FRI
SAT/SUN

促织声尖尖似针，
更深刺著旅人心。
独言独语月明里，
惊觉眠童与宿禽。

作者〔唐〕贾

6

9

12

15

18

21

0

3

月　日

ON/TUE/WED/THU/FRI
AT/SUN

竹枝词二首（其一）

杨柳青青江水平，
闻郎江上唱歌声。
东边日出西边雨，
道是无晴还有晴。

作者〔唐〕刘禹锡

6

9

12

15

18

21

0

3

月　日

MON/TUE/WED/THU/FRI
SAT/SUN

黄沙道中

明月别枝惊鹊，清风半夜鸣蝉。
稻花香里说丰年，听取蛙声一片。
七八个星天外，两三点雨山前。
旧时茅店社林边，路转溪桥忽见。

作者〔宋〕辛弃

6

9

12

15

18

21

0

3

月　日

MON/TUE/WED/THU/FRI
SAT/SUN

题竹

欲知吾道廓，
不与物情违。
大海从鱼跃，
长空任鸟飞。

作者〔唐〕玄览

6
9
12
15
18
21
0
3

月 日

MON/TUE/WED/THU/FRI
SAT/SUN

锦城丝管日纷纷，
半入江风半入云。
此曲只应天上有，
人间能得几回闻。

作者〔唐〕杜甫

·
·
6
·
·
9
·
·
12
·
·
15
·
·
18
·
·
21
·
·
0
·
·
3

月 日

ON/TUE/WED/THU/FRI
AT/SUN

避暑摩诃池上作

冰肌玉骨清无汗，水殿风来暗香暖。
帘开明月独窥人，欹枕钗横云鬓乱。
起来琼户寂无声，时见疏星渡河汉。
屈指西风几时来，只恐流年暗中换。

作者〔五代〕孟昶

6
9
12
15
18
21
0
3

月 日

MON/TUE/WED/THU/FRI
SAT/SUN

南州溽暑醉如酒，
隐几熟眠开北牖。
日午独觉无余声，
山童隔竹敲茶臼。

作者〔唐〕柳宗

6

9

12

15

18

21

0

3

月 日

ON/TUE/WED/THU/FRI
AT/SUN

春江花月夜（选）

春江潮水连海平，海上明月共潮生。
滟滟随波千万里，何处春江无月明！
江流宛转绕芳甸，月照花林皆似霰；
空里流霜不觉飞，汀上白沙看不见。
江天一色无纤尘，皎皎空中孤月轮。

作者〔唐〕张若虚

6
9
12
15
18
21
0
3

月 日

MON/TUE/WED/THU/FRI
SAT/SUN

小暑啜瓜瓤，粗葛衣裳。炎蒸窗牖气初刚。无计遣兹长昼也，茗碗炉香。
深院一垂杨，又闹鸣螀。簿书堆案使人忙。何不归与湖水上，做个渔郎。

作者〔明〕易震

6

9

12

15

18

21

0

3

月 日

ON/TUE/WED/THU/FRI
AT/SUN

山亭夏日

绿树阴浓夏日长，
楼台倒影入池塘。
水晶帘动微风起，
满架蔷薇一院香。

作者〔唐〕高骈

6

9

12

15

18

21

0

3

月　日

MON/TUE/WED/THU/FRI
SAT/SUN

荷叶罗裙一色裁，
芙蓉向脸两边开。
乱入池中看不见，
闻歌始觉有人来。

采莲曲

作者〔唐〕王昌龄

6

9

12

15

18

21

0

3

月 日

ION/TUE/WED/THU/FRI
AT/SUN

送友人

青山横北郭，白水绕东城。
此地一为别，孤蓬万里征。
浮云游子意，落日故人情。
挥手自兹去，萧萧班马鸣。

作者〔唐〕李白

6

9

12

15

18

21

0

3

月　日

MON/TUE/WED/THU/FRI
SAT/SUN

菩提本无树，
明镜亦非台。
佛性常清净，
何处有尘埃！

作者〔唐〕惠

6

9

12

15

18

21

0

3

菩提偈

身是菩提树，
心为明镜台。
明镜本清净，
何处染尘埃！

作者〔唐〕惠能

月 日

ON/TUE/WED/THU/FRI
AT/SUN

6
9
12
15
18
21
0
3

月	日

MON/TUE/WED/THU/FRI
SAT/SUN

菩提本无树，
明镜亦非台。
本来无一物，
何处染尘埃！

作者〔唐〕惠

·
·
6
·
·
9
·
·
12
·
·
15
·
·
18
·
·
21
·
·
0
·
·
3

月　日

ON/TUE/WED/THU/FRI
AT/SUN

在家居士修行无相颂（选）

菩提只向心觅，
何劳向外求玄？
听说依此修行，
西方只在目前！

作者〔唐〕惠能

6

9

12

15

18

21

0

3

月 日

MON/TUE/WED/THU/FRI
SAT/SUN

沅溪夏晚足凉风，
春酒相携就竹丛。
莫道弦歌愁远谪，
青山明月不曾空。

作者〔唐〕王昌

6

9

12

15

18

21

0

3

月　日

ON/TUE/WED/THU/FRI
AT/SUN

五月十六日夜南湖观月

良宵观月岂无人，未必能看到四更。
山载塔灯金笔立，水摇亭槛玉帘横。
歌从菡萏香中起，酒向玻璃盏内明。
谁信南湖当暑夜，葛衣风透觉寒生。

作者〔宋〕张镃

6
9
12
15
18
21
0
3

月　日

MON/TUE/WED/THU/FRI
SAT/SUN

后会知不远，
今欢亦愿留。
江天梅雨散，
况在月中楼。

作者〔唐〕戴叔

6

9

12

15

18

21

0

3

月　日

ON/TUE/WED/THU/FRI
T/SUN

纳凉

携杖来追柳外凉，
画桥南畔倚胡床。
月明船笛参差起，
风定池莲自在香。

作者〔宋〕秦观

6
9
12
15
18
21
0
3

月　日

MON/TUE/WED/THU/FRI
SAT/SUN

夜来风雨急，无复旧花林。
枝上三分落，园中二寸深。
日斜啼鸟思，春尽老人心。
莫怪添杯饮，情多酒不禁。

作者〔唐〕白居

6

9

12

15

18

21

0

3

月 日

ON/TUE/WED/THU/FRI
AT/SUN

花间一壶酒，独酌无相亲。举杯邀明月，对影成三人。
月既不解饮，影徒随我身。暂伴月将影，行乐须及春。
我歌月徘徊，我舞影零乱。醒时同交欢，醉后各分散。
永结无情游，相期邈云汉。

月下独酌

作者〔唐〕李白

6
9
12
15
18
21
0
3

月 日

MON/TUE/WED/THU/FRI
SAT/SUN

湛湛清池五月寒，
小山无数碧巑岏。
稚杉戢戢三千本，
且作凌云合抱看。

僧舍三首（其二）

作者〔宋〕苏

6
9
12
15
18
21
0
3

月 日

ON/TUE/WED/THU/FRI
AT/SUN

山泽欲焦枯，
炎光满太虚。
不知天地外，
暑气复何如。

大热

作者〔宋〕司马光

6

9

12

15

18

21

0

3

月　日

MON/TUE/WED/THU/FRI
SAT/SUN

湖上画船风送客，
江边红烛夜还家。
今朝寂寞山堂里，
独对炎晖看雪花。

试茶

作者［宋］蔡

6
9
12
15
18
21
0
3

月　日

N/TUE/WED/THU/FRI
/SUN

鹧鸪天·代人赋

陌上柔桑破嫩芽，东邻蚕种已生些。
平冈细草鸣黄犊，斜日寒林点暮鸦。
山远近，路横斜，青旗沽酒有人家。
城中桃李愁风雨，春在溪头荠菜花。

作者〔宋〕辛弃疾

5
2
5
8
1

月　　日

MON/TUE/WED/THU/FRI
SAT/SUN

黄梅县边黄梅雨，白头浪里白头翁。
九江阔处不见岸，五月尽时多恶风。
人间稳路应无限，何事抛身在此中。

作者〔唐〕白

6

9

12

15

18

21

0

3

月 日

N/TUE/WED/THU/FRI
/SUN

村舍燕

汉宫一百四十五，
多下珠帘闭琐窗。
何处营巢夏将半，
茅檐烟里语双双。

作者〔唐〕杜牧

2

5

8

1

______月　　Jan. Feb. Mar. Apr. May. Jun. Jul. Aug. Sept. Oct. Nov. De

月　日

N/TUE/WED/THU/FRI
/SUN

采莲子二首（其二）

船动湖光滟滟秋，
贪看年少信船流。
无端隔水抛莲子，
遥被人知半日羞。

作者〔唐〕皇甫松

6
9
2
5
8
1
0
3

月　日

MON/TUE/WED/THU/FRI
SAT/SUN

九曲黄河万里沙，
浪淘风簸自天涯。
如今直上银河去，
同到牵牛织女家。

（其一）

作者〔唐〕刘禹锡

6
9
12
15
18
21
0
3

月 日

ON/TUE/WED/THU/FRI
T/SUN

琴歌二首（其一）

凤兮凤兮归故乡，遨游四海求其凰。
时未遇兮无所将，何悟今兮升斯堂！
有艳淑女在闺房，室迩人遐毒我肠。
何缘交颈为鸳鸯，胡颉颃兮共翱翔！

作者〔汉〕司马相如

6
9
12
15
18
21
0
3

月　日

MON/TUE/WED/THU/FRI
SAT/SUN

紫袖红弦明月中，
自弹自感暗低容。
弦凝指咽声停处，
别有深情一万重。

作者〔唐〕白

·
·
6
·
·
9
·
·
12
·
·
15
·
·
18
·
·
21
·
·
0
·
·
3

月 日

ON/TUE/WED/THU/FRI
T/SUN

望洞庭湖赠张丞相

八月湖水平，涵虚混太清。
气蒸云梦泽，波撼岳阳城。
欲济无舟楫，端居耻圣明。
坐观垂钓者，徒有羡鱼情。

作者〔唐〕孟浩然

6

9

12

15

18

21

0

3

月 日

MON/TUE/WED/THU/FRI
SAT/SUN

秦时明月汉时关，
万里长征人未还。
但使龙城飞将在，
不教胡马度阴山。

作者〔唐〕王昌

6

9

12

15

18

21

0

3

月 日

ON/TUE/WED/THU/FRI
AT/SUN

浪淘沙九首
（其六）

日照澄洲江雾开，
淘金女伴满江隈。
美人首饰侯王印，
尽是沙中浪底来。

作者 〔唐〕刘禹锡

6
9
12
15
18
21
0
3

月 日

MON/TUE/WED/THU/FRI
SAT/SUN

客舍并州已十霜，
归心日夜忆咸阳。
无端更渡桑干水，
却望并州是故乡。

作者〔唐〕刘

·
·
6
·
·
9
·
·
12
·
·
15
·
·
18
·
·
21
·
·
0
·
·
3

八至

至近至远东西，
至深至浅清溪。
至高至明日月，
至亲至疏夫妻。

作者〔唐〕李治

月　日

ON/TUE/WED/THU/FRI
AT/SUN

6
9
12
15
18
21
0
3

月　日

MON/TUE/WED/THU/FRI
SAT/SUN

马骄风疾玉鞭长，
过去唯留一阵香。
闲客不须烧破眼，
好花皆属富家郎。

食城外醉吟五首（其四）

作者〔唐〕

6

9

12

15

18

21

0

3

月 日

ON/TUE/WED/THU/FRI
T/SUN

峨眉山月歌

峨眉山月半轮秋，
影入平羌江水流。
夜发清溪向三峡，
思君不见下渝州。

作者〔唐〕李白

6
9
12
15
18
21
0
3

月　日

MON/TUE/WED/THU/FRI
SAT/SUN

兰叶春葳蕤，桂华秋皎洁。
欣欣此生意，自尔为佳节。
谁知林栖者，闻风坐相悦。
草木有本心，何求美人折！

（其一）

作者〔唐〕张九

6

9

12

15

18

21

0

3

月 日

MON/TUE/WED/THU/FRI
SAT/SUN

竹里馆

独坐幽篁里，
弹琴复长啸。
深林人不知，
明月来相照。

作者〔唐〕王维

6
9
12
15
18
21
0
3

忆扬州

月　　日

MON/TUE/WED/THU/FRI
SAT/SUN

萧娘脸薄难胜泪，
桃叶眉尖易得愁。
天下三分明月夜，
二分无赖是扬州。

作者〔唐〕徐凝

6
9
12
15
18
21
0
3

月　日

MON/TUE/WED/THU/FRI
SAT/SUN

垂緌饮清露，
流响出疏桐。
居高声自远，
非是藉秋风。

蝉

作者〔唐〕虞世南

6
9
12
15
18
21
0
3

月 日

MON/TUE/WED/THU/FRI
SAT/SUN

峡石西泉

居然鳞介不能容，
石眼环环水一钟。
闻说旱时求得雨，
只疑科斗是蛟龙。

作者〔唐〕韩愈

6
9
12
15
18
21
0
3

月 日

MON/TUE/WED/THU/FRI
SAT/SUN

鹿柴

空山不见人，
但闻人语响。
返景入深林，
复照青苔上。

作者〔唐〕王维

·
·
6
·
·
9
·
·
12
·
·
15
·
·
18
·
·
21
·
·
0
·
·
3

月　日

MON/TUE/WED/THU/FRI
SAT/SUN

窗间梅熟落蒂，
墙下笋成出林。
连雨不知春去，
一晴方觉夏深。

暑晴二首（其二）

作者〔宋〕范成大

6
9
12
15
18
21
0
3

月　日

ION/TUE/WED/THU/FRI
AT/SUN

僧舍清凉竹树新，
初经一雨洗诸尘。
微风忽起吹莲叶，
青玉盘中泻水银。

夏雨后题青荷
兰若

作者〔唐〕施肩吾

6

9

12

15

18

21

0

3

月　日

MON/TUE/WED/THU/FRI
SAT/SUN

过松源晨炊漆公店

莫言下岭便无难，
赚得行人错喜欢。
政入万山围子里，
一山放出一山拦。

作者［宋］杨万里

·
·
6
·
·
9
·
·
12
·
·
15
·
·
18
·
·
21
·
·
0
·
·
3

月 日

MON/TUE/WED/THU/FRI
SAT/SUN

峡口送友人

峡口花飞欲尽春，
天涯去住泪沾巾。
来时万里同为客，
今日翻成送故人。

作者〔唐〕司空曙

6
9
12
15
18
21
0
3

月　　日

MON/TUE/WED/THU/FRI
SAT/SUN

龙池赐酒敞云屏，
羯鼓声高众乐停。
夜半宴归宫漏永，
薛王沉醉寿王醒。

作者〔唐〕李商隐

6

9

12

15

18

21

0

3

月 日

1ON/TUE/WED/THU/FRI
AT/SUN

答人

偶来松树下，
高枕石头眠。
山中无历日，
寒尽不知年。

作者〔唐〕太上隐者

6
9
12
15
18
21
0
3

月 日

MON/TUE/WED/THU/FRI
SAT/SUN

·
·
6
·
·
9
·
·
12
·
·
15
·
·
18
·
·
21
·
·
0
·
·
3

饮湖上初晴后雨

水光潋滟晴方好，
山色空蒙雨亦奇。
欲把西湖比西子，
淡妆浓抹总相宜。

作者〔宋〕苏轼

月 日

MON/TUE/WED/THU/FRI
SAT/SUN

观化十五首（其十三）

身前身后与谁同，
花落花开毕竟空。
千里追奔两蜗角，
百年得意大槐宫。

作者〔宋〕黄庭坚

·
·
6
·
·
9
·
·
12
·
·
15
·
·
18
·
·
21
·
·
0
·
·
3

月 日

MON/TUE/WED/THU/FRI
SAT/SUN

碧云天，黄叶地，秋色连波，波上寒烟翠。山映斜阳天接水，
芳草无情，更在斜阳外。
黯乡魂，追旅思，夜夜除非，好梦留人睡。明月楼高休独倚，
酒入愁肠，化作相思泪。

苏幕遮

作者〔宋〕范仲淹

6

9

12

15

18

21

0

3

月　日

MON/TUE/WED/THU/FRI
SAT/SUN

招东邻

小榼二升酒，
新簟六尺床。
能来夜话否，
池畔欲秋凉。

作者〔唐〕白居易

6

9

12

15

18

21

0

3

月　日

MON/TUE/WED/THU/FRI
SAT/SUN

忆江南

江南好，风景旧曾谙。
日出江花红胜火，春来江水绿如蓝。
能不忆江南？

作者〔唐〕白居易

·
·
6
·
·
9
·
·
12
·
·
15
·
·
18
·
·
21
·
·
0
·
·
3

南陵道中

南陵水面漫悠悠，
风紧云轻欲变秋。
正是客心孤回处，
谁家红袖凭江楼。

作者〔唐〕杜牧

月　　日

ON/TUE/WED/THU/FRI
T/SUN

6
9
2
5
8
21
0
3

月　日

MON/TUE/WED/THU/FRI
SAT/SUN

苏溪亭上草漫漫，
谁倚东风十二阑。
燕子不归春事晚，
一汀烟雨杏花寒。

作者〔唐〕戴

6
9
12
15
18
21
0
3

月 日

ON/TUE/WED/THU/FRI
T/SUN

夏晚诗

流火稍西倾，
夕影遍曾城。
高天澄远色，
秋气入蝉声。

作者 〔隋〕薛道衡

6
9
2
5
8
21
0
3

______月 Jan. Feb. Mar. Apr. May. Jun. Jul. Aug. Sept. Oct. Nov. De

月　日

ON/TUE/WED/THU/FRI
AT/SUN

·
·
6
·
·
9
·
·
12
·
·
15
·
·
18
·
·
21
·
·
0
·
·
3

山中一个夏夜（选）

均匀的一片静，罩下
像张软垂的幔帐。
疑问不见了，四角里
模糊，是梦在窥探？

作者 林徽因

月 日

MON/TUE/WED/THU/FRI
SAT/SUN

慈母手中线，游子身上衣。
临行密密缝，意恐迟迟归。
谁言寸草心，报得三春晖。

作者〔唐〕孟

6

9

12

15

18

21

0

3

月 日

ON/TUE/WED/THU/FRI
AT/SUN

南北路何长，
中间万弋张。
不知烟雾里，
几只到衡阳。

雁

作者〔唐〕陆龟蒙

6
9
12
15
18
21
0
3

月　日

MON/TUE/WED/THU/FRI
SAT/SUN

北楼

江城如画里，山晓望晴空。
两水夹明镜，双桥落彩虹。
人烟寒橘柚，秋色老梧桐。
谁念北楼上，临风怀谢公。

作者［唐］李

6

9

12

15

18

21

0

3

所见

月　日

ON/TUE/WED/THU/FRI
AT/SUN

牧童骑黄牛，
歌声振林樾。
意欲捕鸣蝉，
忽然闭口立。

作者〔清〕袁枚

6

9

12

15

18

21

0

3

月 日

MON/TUE/WED/THU/FRI
SAT/SUN

夜雨寄北

君问归期未有期，
巴山夜雨涨秋池。
何当共剪西窗烛，
却话巴山夜雨时。

作者〔唐〕李商隐

6

9

12

15

18

21

0

3

月　日

MON/TUE/WED/THU/FRI
SAT/SUN

题玉泉溪

红树醉秋色，
碧溪弹夜弦。
佳期不可再，
风雨杳如年。

作者〔唐〕湘中女子

6
9
12
15
18
21
0
3

月 日

MON/TUE/WED/THU/FRI
SAT/SUN

（其二）

江头落日照平沙，
潮退渔船阁岸斜。
白鸟一双临水立。
见人惊起入芦花。

作者〔宋〕戴复

6

9

12

15

18

21

0

3

月 日

ON/TUE/WED/THU/FRI
AT/SUN

南溪弄水，回望山园梅花

梅从山上过溪来，
近爱清溪远爱梅。
溪水声声留我住，
梅花朵朵唤人回。

作者〔宋〕杨万里

6

9

12

15

18

21

0

3

月　日

MON/TUE/WED/THU/FRI
SAT/SUN

绝顶新秋生夜凉，
鹤翻松露滴衣裳。
前峰月映半江水，
僧在翠微开竹房。

作者〔唐〕任

6

9

12

15

18

21

0

3

月　日

ON/TUE/WED/THU/FRI
AT/SUN

己亥杂诗三百一十五首（其五）

浩荡离愁白日斜，
吟鞭东指即天涯。
落红不是无情物，
化作春泥更护花。

作者〔清〕龚自珍

6

9

12

15

18

21

0

3

月　日

MON/TUE/WED/THU/FRI
SAT/SUN

巴陵一望洞庭秋，
日见孤峰水上浮。
闻道神仙不可接，
心随湖水共悠悠。

洞庭山作

作者〔唐〕张

6

9

12

15

18

21

0

3

月 日

MON/TUE/WED/THU/FRI
SAT/SUN

新竹

新竹高于旧竹枝，
全凭老干为扶持。
明年再有新生者，
十丈龙孙绕凤池。

作者［清］郑板桥

6
9
12
15
18
21
0
3

月　日

MON/TUE/WED/THU/FRI
SAT/SUN

自遣

粝食粗衣随分过，
堆金积帛欲如何。
百年身后一丘土，
贫富高低争几多。

作者〔唐〕杜荀鹤

6

9

12

15

18

21

0

3

月　日

MON/TUE/WED/THU/FRI
SAT/SUN

独坐敬亭山

众鸟高飞尽，
孤云独去闲。
相看两不厌，
只有敬亭山。

作者〔唐〕李白

6

9

12

15

18

21

0

3

月　日

MON/TUE/WED/THU/FRI
SAT/SUN

题长安壁主人

世人结交须黄金，
黄金不多交不深。
纵令然诺暂相许，
终是悠悠行路心。

作者〔唐〕张谓

·
·
6
·
·
9
·
·
12
·
·
15
·
·
18
·
·
21
·
·
0
·
·
3

月　日

ION/TUE/WED/THU/FRI
AT/SUN

浮香绕曲岸，
圆影覆华池。
常恐秋风早，
飘零君不知。

曲池荷

作者［唐］卢照邻

6
9
12
15
18
21
0
3

月　日

MON/TUE/WED/THU/FRI
SAT/SUN

平临云鸟八窗秋，
壮压西川四十州。
诸将莫贪羌族马，
最高层处见边头。

作者〔唐〕薛

6
9
12
15
18
21
0
3

月　日

ON/TUE/WED/THU/FRI
AT/SUN

钓罢归来不系船，
江村月落正堪眠。
纵然一夜风吹去，
只在芦花浅水边。

江村即事

作者〔唐〕司空曙

6

9

12

15

18

21

0

3

月　日

MON/TUE/WED/THU/FRI
SAT/SUN

竹枝体

万树凉生霜气清，
中元月上九衢明。
小儿竞把青荷叶，
万点银花散火城。

作者〔清〕庞

6

9

12

15

18

21

0

3

月 日

MON/TUE/WED/THU/FRI
SAT/SUN

初闻征雁已无蝉，
百尺楼高水接天。
青女素娥俱耐冷，
月中霜里斗婵娟。

霜月

作者〔唐〕李商隐

6
9
12
15
18
21
0
3

月　日

MON/TUE/WED/THU/FRI
SAT/SUN

残暑昼犹长，早凉秋尚嫩。
露荷散清香，风竹含疏韵。
幽闲竟日卧，衰病无人问。
薄暮宅门前，槐花深一寸。

作者〔唐〕白居

6

9

12

15

18

21

0

3

月　日

ON/TUE/WED/THU/FRI
AT/SUN

长安秋望

楼倚霜树外，
镜天无一毫。
南山与秋色，
气势两相高。

作者〔唐〕杜牧

6
9
12
15
18
21
0
3

月 日

MON/TUE/WED/THU/FRI
SAT/SUN

远上寒山石径斜，
白云生处有人家。
停车坐爱枫林晚，
霜叶红于二月花。

作者［唐］杜

6

9

12

15

18

21

0

3

月 日

ION/TUE/WED/THU/FRI
AT/SUN

漫书呈几复三首（其三）

秋虫振羽惊寒梦，
河汉西斜夜独兴。
欲罢不能呼子起，
新凉宜近读书灯。

作者〔宋〕黄庭坚

6
9
12
15
18
21
0
3

月 日

MON/TUE/WED/THU/FRI
SAT/SUN

烽火照西京，心中自不平。
牙璋辞凤阙，铁骑绕龙城。
雪暗凋旗画，风多杂鼓声。
宁为百夫长，胜作一书生。

作者〔唐〕杨炯

6
9
12
15
18
21
0
3

月 日

MON/TUE/WED/THU/FRI

SAT/SUN

渡荆门送别

渡远荆门外，来从楚国游。

山随平野尽，江入大荒流。

月下飞天镜，云生结海楼。

仍连故乡水，万里送行舟。

作者〔唐〕李白

6

9

12

15

18

21

0

3

月　日

MON/TUE/WED/THU/FRI
SAT/SUN

江畔何人初见月，江月何年初照人。
人生代代无穷已，江月年年望相似。
不知江月待何人，但见长江送流水。
白云一片去悠悠，青枫浦上不胜愁。
谁家今夜扁舟子，何处相思明月楼。

作者〔唐〕张若

6
9
12
15
18
21
0
3

月　日

ON/TUE/WED/THU/FRI
T/SUN

山中与幽人对酌

两人对酌山花开，
一杯一杯复一杯。
我醉欲眠卿且去，
明朝有意抱琴来。

作者〔唐〕李白

6

9

12

15

18

21

0

3

月	日

MON/TUE/WED/THU/FRI
SAT/SUN

曾伴浮云归晚翠，
犹陪落日泛秋声。
世间无限丹青手，
一片伤心画不成。

作者〔唐〕

·
·
6
·
·
9
·
·
12
·
·
15
·
·
18
·
·
21
·
·
0
·
·
3

月 日

ON/TUE/WED/THU/FRI
T/SUN

陪潘王二丈池上

薰风万盖拥轻红，
长是相看六月中。
忽有一花迎白露，
定应来伴木芙蓉。

作者〔宋〕陈宓

6

9

12

15

18

21

0

3

______月　　Jan. Feb. Mar. Apr. May. Jun. Jul. Aug. Sept. Oct. Nov. Dec

月 日

ON/TUE/WED/THU/FRI
AT/SUN

赠李白

秋来相顾尚飘蓬，
未就丹砂愧葛洪。
痛饮狂歌空度日，
飞扬跋扈为谁雄。

作者〔唐〕杜甫

·
·
6
·
·
9
·
·
12
·
·
15
·
·
18
·
·
21
·
·
0
·
·
3

月　日

MON/TUE/WED/THU/FRI
SAT/SUN

暮江吟

一道残阳铺水中，
半江瑟瑟半江红。
可怜九月初三夜，
露似真珠月似弓。

作者〔唐〕白居易

6

9

12

15

18

21

0

3

月 日

MON/TUE/WED/THU/FRI
SAT/SUN

登高

风急天高猿啸哀，渚清沙白鸟飞回。
无边落木萧萧下，不尽长江滚滚来。
万里悲秋常作客，百年多病独登台。
艰难苦恨繁霜鬓，潦倒新停浊酒杯。

作者〔唐〕杜甫

6
9
12
15
18
21
0
3

月	日

MON/TUE/WED/THU/FRI
SAT/SUN

百亩庭中半是苔，
桃花净尽菜花开。
种桃道士归何处，
前度刘郎今又来。

作者〔唐〕刘禹

6
9
12
15
18
21
0
3

月　日

ION/TUE/WED/THU/FRI
AT/SUN

醉过才知酒浓，
爱过才知情重——
你不能做我的诗，
正如我不能做你的梦。

梦与诗（选）

作者 胡适

6
9
12
15
18
21
0
3

月 日

MON/TUE/WED/THU/FRI
SAT/SUN

霜落荆门江树空，
布帆无恙挂秋风。
此行不为鲈鱼鲙，
自爱名山入剡中。

秋下荆门

作者〔唐〕李白

6

9

12

15

18

21

0

3

月 日

MON/TUE/WED/THU/FRI
SAT/SUN

秋思

洛阳城里见秋风，
欲作家书意万重。
复恐匆匆说不尽，
行人临发又开封。

作者〔唐〕张籍

6

9

12

15

18

21

0

3

月 日

MON/TUE/WED/THU/FRI
SAT/SUN

故巨秀禅师院

能师还世名还在，
空闭禅堂满院苔。
花树不随人寂寞，
数枝犹自出墙来。

作者〔唐〕王鲁

·
·
6
·
·
9
·
·
12
·
·
15
·
·
18
·
·
21
·
·
0
·
·
3

月 日

MON/TUE/WED/THU/FRI
SAT/SUN

白雪歌送武判官归京（选）

北风卷地白草折，
胡天八月即飞雪。
忽如一夜春风来，
千树万树梨花开。

作者〔唐〕岑参

6
9
12
15
18
21
0
3

月 日

MON/TUE/WED/THU/FRI
SAT/SUN

千里黄云白日曛，
北风吹雁雪纷纷。
莫愁前路无知己，
天下谁人不识君？

（其一）

作者〔唐〕高

6

9

12

15

18

21

0

3

月　　日

ON/TUE/WED/THU/FRI
AT/SUN

枫桥夜泊

月落乌啼霜满天，
江枫渔火对愁眠。
姑苏城外寒山寺，
夜半钟声到客船。

作者〔唐〕张继

6

9

12

15

18

21

0

3

月 日

MON/TUE/WED/THU/FRI
SAT/SUN

已讶衾枕冷，
复见窗户明。
夜深知雪重，
时闻折竹声。

作者〔唐〕白居易

6

9

12

15

18

21

0

3

月　日

MON/TUE/WED/THU/FRI
SAT/SUN

稚子弄冰

稚子金盆脱晓冰，
彩丝穿取当银铮。
敲成玉磬穿林响，
忽作玻璃碎地声。

作者〔宋〕杨万里

6

9

12

15

18

21

0

3

月 日

MON/TUE/WED/THU/FRI
SAT/SUN

咏蟹

未游沧海早知名，
有骨还从肉上生。
莫道无心畏雷电，
海龙王处也横行。

作者〔唐〕皮日休

6

9

12

15

18

21

0

3

月　　日

MON/TUE/WED/THU/FRI
SAT/SUN

秋登兰山寄张五

北山白云里，隐者自怡悦。相望试登高，心随雁飞灭。
愁因薄暮起，兴是清秋发。时见归村人，沙行渡头歇。
天边树若荠，江畔洲如月。何当载酒来，共醉重阳节。

作者〔唐〕孟浩然

6
9
12
15
18
21
0
3

月　日

MON/TUE/WED/THU/FRI
SAT/SUN

海上生明月，天涯共此时。
情人怨遥夜，竟夕起相思。
灭烛怜光满，披衣觉露滋。
不堪盈手赠，还寝梦佳期。

望月怀远

作者〔唐〕张九龄

6

9

12

15

18

21

0

3

月　日

MON/TUE/WED/THU/FRI
SAT/SUN

云

千形万象竟还空，
映水藏山片复重。
无限旱苗枯欲尽，
悠悠闲处作奇峰。

作者〔唐〕来鹄

6

9

12

15

18

21

0

3

月　日

MON/TUE/WED/THU/FRI
SAT/SUN

红豆生南国，
春来发几枝。
愿君多采撷，
此物最相思。

作者〔唐〕王

6

9

12

15

18

21

0

3

月 日

ON/TUE/WED/THU/FRI
AT/SUN

寄扬州韩绰判官

青山隐隐水迢迢，
秋尽江南草未凋。
二十四桥明月夜，
玉人何处教吹箫。

作者〔唐〕杜牧

6
9
12
15
18
21
0
3

月　　日

MON/TUE/WED/THU/FRI
SAT/SUN

苍苍竹林寺，
杳杳钟声晚。
荷笠带斜阳，
青山独归远。

作者〔唐〕刘长

6
9
12
15
18
21
0
3

月 日

MON/TUE/WED/THU/FRI
SAT/SUN

与史郎中钦听黄鹤楼上吹笛

一为迁客去长沙，
西望长安不见家。
黄鹤楼中吹玉笛，
江城五月落梅花。

作者〔唐〕李白

6

9

12

15

18

21

0

3

月 日

MON/TUE/WED/THU/FRI
SAT/SUN

醉后三首（其三）

划却君山好，
平铺湘水流。
巴陵无限酒，
醉杀洞庭秋。

作者〔唐〕李

6
9
12
15
18
21
0
3

月　日

ON/TUE/WED/THU/FRI
AT/SUN

嫦娥

云母屏风烛影深，
长河渐落晓星沉。
嫦娥应悔偷灵药，
碧海青天夜夜心。

作者〔唐〕李商隐

6

9

12

15

18

21

0

3

月 日

MON/TUE/WED/THU/FRI
SAT/SUN

西塞山前白鹭飞，
桃花流水鳜鱼肥。
青箬笠，绿蓑衣，
斜风细雨不须归。

（其一）

作者〔唐〕张志

·
·
6
·
·
9
·
·
12
·
·
15
·
·
18
·
·
21
·
·
0
·
·
3

月　日

MON/TUE/WED/THU/FRI
SAT/SUN

游园不值

应怜屐齿印苍苔，
小扣柴扉久不开。
春色满园关不住，
一枝红杏出墙来。

作者〔宋〕叶绍翁

·
·
6
·
·
9
·
·
12
·
·
15
·
·
18
·
·
21
·
·
0
·
·
3

月　日

MON/TUE/WED/THU/FRI
SAT/SUN

长干曲四首（其二）

家临九江水，
来去九江侧。
同是长干人，
生小不相识。

作者〔唐〕崔颢

6
9
12
15
18
21
0
3

月　日

MON/TUE/WED/THU/FRI
SAT/SUN

春日

胜日寻芳泗水滨，
无边光景一时新。
等闲识得东风面，
万紫千红总是春。

作者〔宋〕朱熹

6
9
12
15
18
21
0
3

月 日

MON/TUE/WED/THU/FRI
SAT/SUN

雨来细细复疏疏，
纵不能多不肯无。
似妒诗人山入眼，
千峰故隔一帘珠。

作者〔宋〕杨万里

6

9

12

15

18

21

0

3

月 日

ON/TUE/WED/THU/FRI
AT/SUN

百啭千声随意移，
山花红紫树高低。
始知锁向金笼听，
不及林间自在啼。

画眉鸟

作者〔宋〕欧阳修

6
9
12
15
18
21
0
3

月 日

MON/TUE/WED/THU/FRI
SAT/SUN

向晚意不适，
驱车登古原。
夕阳无限好，
只是近黄昏。

作者〔唐〕李商

6

9

12

15

18

21

0

3

月　日

ON/TUE/WED/THU/FRI
AT/SUN

闲行

五十年来思虑熟，忙人应未胜闲人。
林园傲逸真成贵，衣食单疏不是贫。
专掌图书无过地，遍寻山水自由身。
傥年七十犹强健，尚得闲行十五春。

作者〔唐〕白居易

6
9
12
15
18
21
0
3

_____月 Jan. Feb. Mar. Apr. May. Jun. Jul. Aug. Sept. Oct. Nov. Dec

月　日

ON/TUE/WED/THU/FRI
AT/SUN

自古逢秋悲寂寥，
我言秋日胜春朝。
晴空一鹤排云上，
便引诗情到碧霄。

秋词

作者〔唐〕刘禹锡

6
9
12
15
18
21
0
3

月 日

MON/TUE/WED/THU/FRI
SAT/SUN

怀君属秋夜，
散步咏凉天。
空山松子落，
幽人应未眠。

作者〔唐〕韦应物

秋夜寄丘员外

6
9
12
15
18
21
0
3

月 日

MON/TUE/WED/THU/FRI
SAT/SUN

登幽州台歌

前不见古人，
后不见来者。
念天地之悠悠，
独怆然而涕下！

作者〔唐〕陈子昂

6
9
12
15
18
21
0
3

月 日

MON/TUE/WED/THU/FRI
SAT/SUN

杜郎中

中庭地白树栖鸦，
冷露无声湿桂花。
今夜月明人尽望，
不知秋思落谁家。

作者〔唐〕王

6

9

12

15

18

21

0

3

月 日

ON/TUE/WED/THU/FRI
AT/SUN

逢雪宿芙蓉山主人

日暮苍山远，
天寒白屋贫。
柴门闻犬吠，
风雪夜归人。

作者〔唐〕刘长卿

6
9
12
15
18
21
0
3

月 日

MON/TUE/WED/THU/FRI
SAT/SUN

初月如弓未上弦，
分明挂在碧霄边。
时人莫道蛾眉小，
三五团圆照满天。

作者〔唐〕缪氏子

赋新月

6

9

12

15

18

21

0

3

月 日

MON/TUE/WED/THU/FRI
SAT/SUN

花雪随风不厌看，
更多还肯失林峦。
愁人正在书窗下，
一片飞来一片寒。

作者〔唐〕戴叔伦

小雪

6
9
12
15
18
21
0
3

月　　日

MON/TUE/WED/THU/FRI
SAT/SUN

束薪已零落，瓠叶转萧疏。
幸结白花了，宁辞青蔓除。
秋虫声不去，暮雀意何如。
寒事今牢落，人生亦有初。

作者〔唐〕杜甫

陈
架

·
·
6
·
·
9
·
·
12
·
·
15
·
·
18
·
·
21
·
·
0
·
·
3

月　日

MON/TUE/WED/THU/FRI
SAT/SUN

孤村落日残霞，轻烟老树寒鸦，一点飞鸿影下。
青山绿水，白草红叶黄花。

天净沙·秋

作者〔元〕白朴

6

9

12

15

18

21

0

3

月　　日

MON/TUE/WED/THU/FRI
SAT/SUN

百金买骏马，
千金买美人，
万金买高爵，
何处买青春？

作者〔清〕屈复

6

9

12

15

18

21

0

3

月 日

MON/TUE/WED/THU/FRI
SAT/SUN

寒夜

寒夜客来茶当酒，
竹炉汤沸火初红。
寻常一样窗前月，
才有梅花便不同。

作者〔宋〕杜耒

6
9
12
15
18
21
0
3

月　日

MON/TUE/WED/THU/FRI
SAT/SUN

·
·
6
·
·
9
·
·
12
·
·
15
·
·
18
·
·
21
·
·
0
·
·
3

山中

荆溪白石出，
天寒红叶稀。
山路元无雨，
空翠湿人衣。

作者〔唐〕王维

月 日

MON/TUE/WED/THU/FRI
SAT/SUN

饮酒二十首（其五）

结庐在人境，而无车马喧。
问君何能尔？心远地自偏。
采菊东篱下，悠然见南山。
山气日夕佳，飞鸟相与还。
此中有真意，欲辨已忘言。

作者〔东晋〕陶渊明

6

9

12

15

18

21

0

3

月 日

MON/TUE/WED/THU/FRI
SAT/SUN

送魏二

醉别江楼橘柚香，
江风引雨入舟凉。
忆君遥在潇湘月，
愁听清猿梦里长。

作者〔唐〕王昌龄

6
9
12
15
18
21
0
3

月　日

MON/TUE/WED/THU/FRI
SAT/SUN

观沧海

东临碣石，以观沧海。水何澹澹，山岛竦峙。
树木丛生，百草丰茂。秋风萧瑟，洪波涌起。
日月之行，若出其中。星汉灿烂，若出其里。
幸甚至哉，歌以咏志。

作者〔汉〕曹操

6
9
12
15
18
21
0
3

月　日

MON/TUE/WED/THU/FRI
SAT/SUN

少年易老学难成，
一寸光阴不可轻。
未觉池塘春草梦，
阶前梧叶已秋声。

作者［宋］朱熹

·
·
6
·
·
9
·
·
12
·
·
15
·
·
18
·
·
21
·
·
0
·
·
3

月 日

MON/TUE/WED/THU/FRI
SAT/SUN

丙辰年鄜州遇寒食城外醉吟五首（其五）

雨丝烟柳欲清明，
金屋人闲暖凤笙。
永日迢迢无一事，
隔街闻筑气球声。

作者〔唐〕韦庄

6

9

12

15

18

21

0

3

月　日

MON/TUE/WED/THU/FRI
SAT/SUN

高田如楼梯，
平田如棋局。
白鹭忽飞来，
点破秧针绿。

作者〔明〕杨

6

9

12

15

18

21

0

3

月　日

MON/TUE/WED/THU/FRI
SAT/SUN

滕王阁

滕王高阁临江渚，佩玉鸣鸾罢歌舞。
画栋朝飞南浦云，珠帘暮卷西山雨。
闲云潭影日悠悠，物换星移几度秋。
阁中帝子今何在？槛外长江空自流。

作者〔唐〕王勃

6
9
12
15
18
21
0
3

月　日

MON/TUE/WED/THU/FRI
SAT/SUN

迟日江山丽，
春风花草香。
泥融飞燕子，
沙暖睡鸳鸯。

绝句二首（其一）

作者〔唐〕杜甫

6

9

12

15

18

21

0

3

月 日

MON/TUE/WED/THU/FRI
SAT/SUN

鸟鸣涧

人闲桂花落，
夜静春山空。
月出惊山鸟，
时鸣春涧中。

作者〔唐〕王维

6

9

12

15

18

21

0

3

月 日

MON/TUE/WED/THU/FRI
SAT/SUN

律回岁晚冰霜少，
春到人间草木知。
便觉眼前生意满，
东风吹水绿参差。

立春偶成

作者〔宋〕张栻

6

9

12

15

18

21

0

3

月　日

ION/TUE/WED/THU/FRI
AT/SUN

谢赐珍珠

桂叶双眉久不描，
残妆和泪污红绡。
长门尽日无梳洗，
何必珍珠慰寂寥。

作者〔唐〕江采蘋

6
9
12
15
18
21
0
3

月　日

MON/TUE/WED/THU/FRI
SAT/SUN

凉州词二首（其一）

黄河远上白云间，
一片孤城万仞山。
羌笛何须怨杨柳，
春风不度玉门关。

作者〔唐〕王之涣

6
9
12
15
18
21
0
3

月　日

1ON/TUE/WED/THU/FRI
AT/SUN

送选上人

江天雁过客心遥，
一舸凉风八月潮。
七十二湖烟雨岸，
蓼花枫叶正萧萧。

作者〔宋〕释行海

6

9

12

15

18

21

0

3

月　日

MON/TUE/WED/THU/FRI
SAT/SUN

平林漠漠烟如织，寒山一带伤心碧。暝色入高楼，有人楼上愁。
玉阶空伫立，宿鸟归飞急。何处是归程？长亭更短亭。

菩萨蛮

作者〔唐〕李白

6

9

12

15

18

21

0

3

月　　日

MON/TUE/WED/THU/FRI
SAT/SUN

赠刘景文

荷尽已无擎雨盖，
菊残犹有傲霜枝。
一年好景君须记，
最是橙黄橘绿时。

作者〔宋〕苏轼

6
9
12
15
18
21
0
3

月 日

MON/TUE/WED/THU/FRI
SAT/SUN

绿蚁新醅酒，
红泥小火炉。
晚来天欲雪，
能饮一杯无？

作者〔唐〕白居易

6

9

12

15

18

21

0

3

月 日

ON/TUE/WED/THU/FRI
AT/SUN

暮秋

舍前舍后养鱼塘，
溪北溪南打稻场。
喜事一双黄蛱蝶，
随人往来弄秋光。

作者〔宋〕陆游

6
9
12
15
18
21
0
3

月 日

MON/TUE/WED/THU/FRI
SAT/SUN

扫雪开幽径，端居望故人。
犹残腊月酒，更值早梅春。
几日东城陌，何时曲水滨。
闻闲且共赏，莫待绣衣新。

前殿中元侍御

作者〔唐〕韦应

6
9
12
15
18
21
0
3

月 日

ON/TUE/WED/THU/FRI
AT/SUN

城东早春

诗家清景在新春，
绿柳才黄半未匀。
若待上林花似锦，
出门俱是看花人。

作者〔唐〕杨巨源

6

9

12

15

18

21

0

3

______月　Jan. Feb. Mar. Apr. May. Jun. Jul. Aug. Sept. Oct. Nov. Dec

月 日

MON/TUE/WED/THU/FRI
SAT/SUN

题都城南庄

去年今日此门中，
人面桃花相映红。
人面不知何处去，
桃花依旧笑春风。

作者〔唐〕崔护

6
9
12
15
18
21
0
3

月　日

MON/TUE/WED/THU/FRI
SAT/SUN

千山鸟飞绝，
万径人踪灭。
孤舟蓑笠翁，
独钓寒江雪。

作者［唐］柳宗元

江雪

6
9
12
15
18
21
0
3

月　日

MON/TUE/WED/THU/FRI
SAT/SUN

春雪

新年都未有芳华，
二月初惊见草芽。
白雪却嫌春色晚，
故穿庭树作飞花。

作者〔唐〕韩愈

6
9
12
15
18
21
0
3

月　日

MON/TUE/WED/THU/FRI
SAT/SUN

金陵五题·乌衣巷

朱雀桥边野草花，
乌衣巷口夕阳斜。
旧时王谢堂前燕，
飞入寻常百姓家。

作者［唐］刘禹锡

6

9

12

15

18

21

0

3

月　日

MON/TUE/WED/THU/FRI
SAT/SUN

大林寺桃花

人间四月芳菲尽，
山寺桃花始盛开。
长恨春归无觅处，
不知转入此中来。

作者〔唐〕白居易

6
9
12
15
18
21
0
3

月 日

MON/TUE/WED/THU/FRI
SAT/SUN

长干曲四首（其一）

君家何处住，
妾住在横塘。
停船暂借问，
或恐是同乡。

作者〔唐〕崔颢

6

9

12

15

18

21

0

3

月 日

MON/TUE/WED/THU/FRI
SAT/SUN

观游鱼

绕池闲步看鱼游，
正值儿童弄钓舟。
一种爱鱼心各异，
我来施食尔垂钩。

作者〔唐〕白居易

6

9

12

15

18

21

0

3

月　日

MON/TUE/WED/THU/FRI
SAT/SUN

问春从此去，
几日到秦原。
凭寄还乡梦，
殷勤入故园。

作者〔唐〕柳宗元

6

9

12

15

18

21

0

3

月 日

MON/TUE/WED/THU/FRI
SAT/SUN

饮中八仙歌（选）

知章骑马似乘船，眼花落井水底眠。
汝阳三斗始朝天，道逢麹车口流涎，
恨不移封向酒泉。

作者〔唐〕杜甫

6
9
12
15
18
21
0
3

月　日

MON/TUE/WED/THU/FRI
SAT/SUN

左相日兴费万钱，饮如长鲸吸百川，
衔杯乐圣称世贤。
宗之潇洒美少年，举觞白眼望青天，
皎如玉树临风前。

饮中八仙歌（选）

作者〔唐〕杜甫

6
9
12
15
18
21
0
3

月 日

MON/TUE/WED/THU/FRI
SAT/SUN

饮中八仙歌（选）

苏晋长斋绣佛前，醉中往往爱逃禅。
李白一斗诗百篇，长安市上酒家眠。
天子呼来不上船，自称臣是酒中仙。

作者〔唐〕杜甫

6
9
12
15
18
21
0
3

月 日

MON/TUE/WED/THU/FRI
SAT/SUN

张旭三杯草圣传，脱帽露顶王公前，
挥毫落纸如云烟。
焦遂五斗方卓然，高谈雄辩惊四筵。

饮中八仙歌（选）

作者〔唐〕杜甫

6
9
12
15
18
21
0
3

月 日

MON/TUE/WED/THU/FRI
SAT/SUN

杂诗三首（其二）

君自故乡来，
应知故乡事。
来日绮窗前，
寒梅著花未？

作者〔唐〕王维

6

9

12

15

18

21

0

3

月 日

MON/TUE/WED/THU/FRI
SAT/SUN

天时人事日相催，冬至阳生春又来。
刺绣五纹添弱线，吹葭六琯动浮灰。
岸容待腊将舒柳，山意冲寒欲放梅。
云物不殊乡国异，教儿且覆掌中杯。

作者〔唐〕杜甫

小至

6

9

12

15

18

21

0

3

月 日

MON/TUE/WED/THU/FRI
SAT/SUN

逢入京使

故园东望路漫漫，
双袖龙钟泪不干。
马上相逢无纸笔，
凭君传语报平安。

作者 〔唐〕岑参

6
9
12
15
18
21
0
3

月　日

MON/TUE/WED/THU/FRI
SAT/SUN

雪中偶题

乱飘僧舍茶烟湿，
密洒歌楼酒力微。
江上晚来堪画处，
渔人披得一蓑归。

作者〔唐〕郑谷

6
9
12
15
18
21
0
3

月 日

MON/TUE/WED/THU/FRI
SAT/SUN

马诗二十三首（其五）

大漠沙如雪，
燕山月似钩。
何当金络脑，
快走踏清秋。

作者〔唐〕李贺

6

9

12

15

18

21

0

3

月　日

MON/TUE/WED/THU/FRI
SAT/SUN

一照一回悲，再照颜色衰。
日月自流水，不知身老时。
昨日照红颜，今朝照白丝。
白丝与红颜，相去咫尺间。

作者〔唐〕邵谒

6
9
12
15
18
21
0
3

月　日

MON/TUE/WED/THU/FRI
SAT/SUN

芙蓉楼送辛渐二首（其一）

作者〔唐〕王昌龄

寒雨连江夜入吴，
平明送客楚山孤。
洛阳亲友如相问，
一片冰心在玉壶。

6

9

12

15

18

21

0

3

月　日

MON/TUE/WED/THU/FRI
SAT/SUN

万里清江万里天，
一村桑柘一村烟。
渔翁醉著无人唤，
过午醒来雪满船。

醉著

作者〔唐〕韩偓

6

9

12

15

18

21

0

3

月　日

MON/TUE/WED/THU/FRI
SAT/SUN

初冬夜饮

淮阳多病偶求欢，
客袖侵霜与烛盘。
砌下梨花一堆雪，
明年谁此凭阑干。

作者〔唐〕杜牧

6

9

12

15

18

21

0

3

月 日

MON/TUE/WED/THU/FRI
SAT/SUN

长安大雪天，鸟雀难相觅。其中豪贵家，捣椒泥四壁。
到处爇红炉，周回下罗幂。暖手调金丝，蘸甲斟琼液。
醉唱玉尘飞，困融香汗滴。岂知饥寒人，手脚生皲劈。

作者〔唐〕张孜

6

9

12

15

18

21

0

3

月 日

MON/TUE/WED/THU/FRI
SAT/SUN

朱元晦过访

梅花树下三间屋，
挂壁枯桐尽日闲。
有客过门弹一曲，
断云残雪满空山。

作者 〔宋〕盛璲

6
9
12
15
18
21
0
3

月 日

MON/TUE/WED/THU/FRI
SAT/SUN

霜日知春有信归，
腊前偷暖漏春晖。
北风也翦寒梢叶，
吹作鹅黄乱蝶飞。

作者〔宋〕杨万里

近腊暄甚

6

9

12

15

18

21

0

3

月 日

MON/TUE/WED/THU/FRI
SAT/SUN

十一月大雾中自胥口渡太湖

白雾漫空白浪深，
舟如竹叶信浮沉。
科头晏起吾何敢，
自有山川印此心。

作者〔宋〕范成大

6
9
12
15
18
21
0
3

月 日

MON/TUE/WED/THU/FRI
SAT/SUN

苦寒吟

天寒色青苍，北风叫枯桑。
厚冰无裂文，短日有冷光。
敲石不得火，壮阴夺正阳。
苦调竟何言，冻吟成此章。

作者〔唐〕孟郊

6

9

12

15

18

21

0

3

月 日

MON/TUE/WED/THU/FRI
SAT/SUN

浴兰汤兮沐芳，华采衣兮若英；
灵连蜷兮既留，烂昭昭兮未央。

九歌·云中君（选）

作者〔先秦〕屈原

6
9
12
15
18
21
0
3

月 日

MON/TUE/WED/THU/FRI
SAT/SUN

雪

风搅长空寒骨生，光于晓色报窗明。
江湖不见飞禽影，岩谷时闻折竹声。
巢穴几多相似处，路岐兼得一般平。
拥袍公子休言冷，中有樵夫跣足行。

作者〔唐〕杜荀鹤

6
9
12
15
18
21
0
3

月 日

MON/TUE/WED/THU/FRI
SAT/SUN

问菊

欲讯秋情众莫知，喃喃负手叩东篱：
孤标傲世偕谁隐？一样开花为底迟？
圃露庭霜何寂寞？雁归蛩病可相思？
休言举世无谈者，解语何妨片语时。

作者〔清〕曹雪芹

6
9
12
15
18
21
0
3

月 日

MON/TUE/WED/THU/FRI
SAT/SUN

莫言白雪少人听，
高调都难称俗情。
不是楚词询宋玉，
巴歌犹掩绕梁声。

作者〔唐〕汪遵

6

9

12

15

18

21

0

3

月　日

MON/TUE/WED/THU/FRI
SAT/SUN

非酒

人人慢说酒消忧，
我道翻为引恨由。
一夜醒来灯火暗，
不应愁事亦成愁。

作者〔唐〕雍陶

6

9

12

15

18

21

0

3

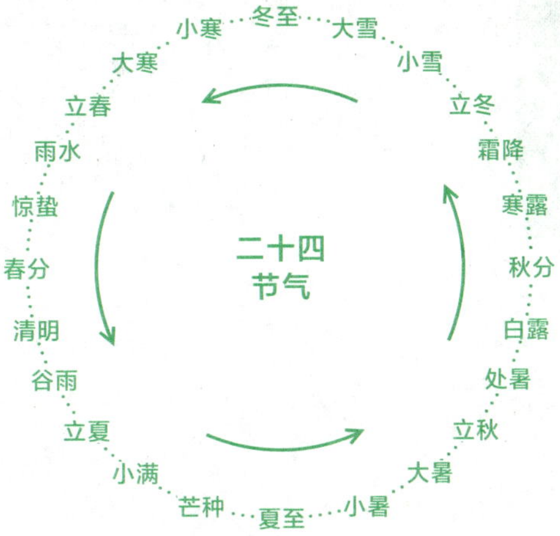

二十四节气歌

春雨惊春清谷天，
夏满芒夏暑相连。
秋处露秋寒霜降，
冬雪雪冬小大寒。
每月两节不变更，
最多相差一两天。
上半年来六廿一，
下半年是八廿三。

注：最后两句是说上半年每月第一个节气在6日，第二个节气在21日，下半年的在8日和23日。日期是公历日期。

论节候歌

正月立春雨水节，
二月惊蛰及春分，
三月清明并谷雨，
四月立夏小满方，
五月芒种并夏至，
六月小暑大暑当，
七月立秋还处暑，
八月白露秋分忙，
九月寒露又霜降，
十月立冬小雪张，
子月大雪冬至到，
丑月小寒大寒昌。

东北地区二十四节令歌

立春阳气转，雨水沿河边；
惊蛰乌鸦叫，春分地皮干；
清明忙种麦，谷雨种大田。
立夏鹅毛住，小满雀来全；
芒种五月节，夏至不纳棉；
小暑不算热，大暑三伏天。
立秋忙打靛，处暑动刀镰；
白露烟上架，秋分无生田；
寒露不算冷，霜降变了天。
立冬交十月，小雪地封严；
大雪河汊上，冬至不行船；
小寒进腊月，大寒又一年。

二十四节气，是我国古代订立的一种补充历法，用来指导农事。中国古人根据太阳与月球的运动而订立了农历，并依次划分了二十四节气。2016年11月30日，联合国教科文组织正式通过决议，将中国申报的“二十四节气——中国人通过观察太阳周年运动而形成的时间知识体系及其实践”列入联合国教科文组织人类非物质文化遗产代表作名录。

二十四节气反映了地球围绕太阳的运动过程，对农业生产具有非常重要的指导意义，古人为了方便根据节气安排农事，创作了与节气相关的农谚。

咏柳

〔唐〕贺知章

碧玉妆成一树高，万条垂下绿丝绦。
不知细叶谁裁出，二月春风似剪刀。

6
9
12
15
18
21
0
3

早春呈水部张十八员外二首（其一）

〔唐〕韩愈

天街小雨润如酥，草色遥看近却无。
最是一年春好处，绝胜烟柳满皇都。

6
9
12
15
18
21
0
3

新雷

［清］张维屏

造物无言却有情，每于寒尽觉春生。
千红万紫安排著，只待新雷第一声。

6
9
12
15
18
21
0
3

村居

〔清〕高鼎

草长莺飞二月天，拂堤杨柳醉春烟。
儿童散学归来早，忙趁东风放纸鸢。

6
9
12
15
18
21
0
3

寒食

〔唐〕韩翃

春城无处不飞花，寒食东风御柳斜。
日暮汉宫传蜡烛，轻烟散入五侯家。

6
9
12
15
18
21
0
3

晚春

〔唐〕韩愈

草树知春不久归，百般红紫斗芳菲。
杨花榆荚无才思，惟解漫天作雪飞。

6

9

12

15

18

21

0

3

初夏游张园

〔宋〕戴复古

乳鸭池塘水浅深，熟梅天气半阴晴。
东园载酒西园醉，摘尽枇杷一树金。

6
9
12
15
18
21
0
3

齐安郡后池绝句

〔唐〕杜牧

菱透浮萍绿锦池，夏莺千啭弄蔷薇。
尽日无人看微雨，鸳鸯相对浴红衣。

·
·
6
·
·
9
·
·
12
·
·
15
·
·
18
·
·
21
·
·
0
·
·
3

约客

〔宋〕赵师秀

黄梅时节家家雨，青草池塘处处蛙。
有约不来过夜半，闲敲棋子落灯花。

夏至

［宋］范成大

李核垂腰祝饐，粽丝系臂扶羸。
节物竞随乡俗，老翁闲伴儿嬉。

6

9

12

15

18

21

0

3

夏日山中

〔唐〕李白

懒摇白羽扇，裸体青林中。
脱巾挂石壁，露顶洒松风。

夏夜追凉

〔宋〕杨万里

夜热依然午热同，开门小立月明中。
竹深树密虫鸣处，时有微凉不是风。

6
9
12
15
18
21
0
3

立秋

［宋］刘翰

乳鸦啼散玉屏空，一枕新凉一扇风。
睡起秋声无觅处，满阶梧桐月明中。

秋风引

〔唐〕刘禹锡

何处秋风至？萧萧送雁群。
朝来入庭树，孤客最先闻。

·
·
6
·
·
9
·
·
12
·
·
15
·
·
18
·
·
21
·
·
0
·
·
3

玉阶怨

〔唐〕李白

玉阶生白露，夜久侵罗袜。
却下水晶帘，玲珑望秋月。

秋凉晚步

〔宋〕杨万里

秋气堪悲未必然，轻寒正是可人天。
绿池落尽红蕖却，荷叶犹开最小钱。

6
9
12
15
18
21
0
3

不第后赋菊

［唐］黄巢

待到秋来九月八，我花开后百花杀。
冲天香阵透长安，满城尽带黄金甲。

九日登李明府北楼

〔唐〕刘长卿

九日登高望，苍苍远树低。
人烟湖草里，山翠县楼西。
霜降鸿声切，秋深客思迷。
无劳白衣酒，陶令自相携。

·
·
6
·
·
9
·
·
12
·
·
15
·
·
18
·
·
21
·
·
0
·
·
3

冬夜闻虫

〔唐〕白居易

虫声冬思苦于秋，不解愁人闻亦愁。
我是老翁听不畏，少年莫听白君头。

和萧郎中小雪日作

〔唐〕徐铉

征西府里日西斜，独试新炉自煮茶。
篱菊尽来低覆水，塞鸿飞去远连霞。
寂寥小雪闲中过，斑驳轻霜鬓上加。
算得流年无奈处，莫将诗句祝苍华。

6
9
12
15
18
21
0
3

雪

〔唐〕罗隐

尽道丰年瑞，丰年事若何。
长安有贫者，为瑞不宜多。

对雪

〔唐〕高骈

六出飞花入户时，坐看青竹变琼枝。
如今好上高楼望，盖尽人间恶路岐。

6
9
12
15
18
21
0
3

惊雪

〔唐〕陆畅

怪得北风急，前庭如月辉。
天人宁许巧，剪水作花飞。

北风行

［明］刘基

城外萧萧北风起，城上健儿吹落耳。
将军玉帐貂鼠衣，手持酒杯看雪飞。

·
·
6
·
·
9
·
·
12
·
·
15
·
·
18
·
·
21
·
·
0
·
·
3

传统节日

中华传统节日是古人随着季节、物候改变开展的有特定主题的风俗和纪念意义的社会活动日，并流传至今。这些节日可分为农业耕作、宗教祭祀、人伦孝悌、驱瘟避邪四大类，反映了古人的生活智慧和情趣。

·
·
6
·
·
9
·
·
12
·
·
15
·
·
18
·
·
21
·
·
0
·
·
3

腊月八日于剡县石城寺礼拜

〔唐〕孟浩然

石壁开金像，香山倚铁围。下生弥勒见，回向一心归。
竹柏禅庭古，楼台世界稀。夕岚增气色，余照发光辉。
讲席邀谈柄，泉堂施浴衣。愿承功德水，从此濯尘机。

6
9
12
15
18
21
0
3

岁晚书事十首（其七）

〔宋〕刘克庄

门冷如冰尽不妨，由来富贵属苍苍。
谁能却学痴儿女，深夜潜烧祭灶香。

守岁

〔宋〕苏轼

欲知垂尽岁，有似赴壑蛇。修鳞半已没，去意谁能遮。
况欲系其尾，虽勤知奈何。儿童强不睡，相守夜欢哗。
晨鸡且勿唱，更鼓畏添挝。坐久灯烬落，起看北斗斜。
明年岂无年，心事恐蹉跎。努力尽今夕，少年犹可夸。

6
9
12
15
18
21
0
3

元日

〔宋〕王安石

爆竹声中一岁除，春风送暖入屠苏。
千门万户曈曈日，总把新桃换旧符。

生查子

［宋］欧阳修

去年元夜时，花市灯如昼。
月上柳梢头，人约黄昏后。
今年元夜时，月与灯依旧。
不见去年人，泪湿春衫袖。

6
9
12
15
18
21
0
3

6
9
12
15
18
21
0
3

清明

〔唐〕杜牧

清明时节雨纷纷，路上行人欲断魂。
借问酒家何处有？牧童遥指杏花村。

端午日赐衣

〔唐〕杜甫

宫衣亦有名，端午被恩荣。
细葛含风软，香罗叠雪轻。
自天题处湿，当暑著来清。
意内称长短，终身荷圣情。

6
9
12
15
18
21
0
3

鹊桥仙

［宋］秦观

纤云弄巧，飞星传恨，银汉迢迢暗度。金风玉露一相逢，便胜却、人间无数。
柔情似水，佳期如梦，忍顾鹊桥归路。两情若是久长时，又岂在、朝朝暮暮。

密码管理

网站/App	
账号	
密码	
安全提示问题	
安全问题答案	

网站/App	
账号	
密码	
安全提示问题	
安全问题答案	

网站/App	
账号	
密码	
安全提示问题	
安全问题答案	

网站/App	
账号	
密码	
安全提示问题	
安全问题答案	

网站/App	
账号	
密码	
安全提示问题	
安全问题答案	

网站/App	
账号	
密码	
安全提示问题	
安全问题答案	

个人信息

姓名		生日	年 月 日
血型		星座	
手机			
座机			
邮箱			

紧急联络人	
捡到手账 请联系	

病史			
过敏反应			
身高		体重	

「为你读诗」简介

「为你读诗」诞生于 2013 年 6 月 1 日，是一个以诗歌为起点和纽带的国际文化艺术交流平台和诗意生活品牌。「为你读诗」以“给灵魂片刻自由”为主张，致力于推动文化——尤其是中国文化，进入大众日常生活场景。我们希冀为更为广泛的用户带去兼有“知识、审美和情感”的诗意生活。

扫描此二维码，关注“为你读诗”

给灵魂片刻自由

图书在版编目（CIP）数据

美日美诗 / 为你读诗编. -- 长沙：湖南文艺出版社，2021.1
ISBN 978-7-5404-9492-6

Ⅰ. ①美… Ⅱ. ①为… Ⅲ. ①诗集－世界 Ⅳ. ①I12

中国版本图书馆CIP数据核字(2019)第284929号

著作权合同登记号：18-2015-191

美日美诗
MEI RI MEI SHI

编　　者　为你读诗
出 版 人　曾赛丰
出 品 人　张　炫
策　　划　王　萌
责任编辑　易　见
封面设计　Moo Design
正文排版　Moo Design

出　　版　湖南文艺出版社
地　　址　长沙市雨花区东二环一段508号　邮编：410014
网　　址　http://www.hnwy.net
发　　行　新华书店

印　　刷　湖南省众鑫印务有限公司
版　　次　2021年1月第1版
印　　次　2021年1月第1次印刷
开　　本　880mm×1230mm　1/32
印　　张　14
字　　数　300千字
书　　号　978-7-5404-9492-6
定　　价　58.00元